O, Mam Bach!

Dathlu'r Fam
~ y llon a'r lleddf

bwthyn
GWASG Y BWTHYN

© Gwasg y Bwthyn 2017 ®

ISBN 978-1-907424-94-6

Cyhoeddwyd gyda chymorth ariannol
Cyngor Llyfrau Cymru.

Cyhoeddwyd ac argraffwyd gan
Wasg y Bwthyn, Caernarfon
gwasgybwthyn@btconnect.com

Diolch i bawb sydd wedi cyfrannu
at y llyfr hwn.

Diolch i chi'r darllenydd
am ddewis y gyfrol hon i'w darllen.

Mwynhewch!

Yr Awduron

IFANA SAVILL
Never too old for Topshop!
(tudalen 13)

Cyn ymddeol yn 2015 bu Ifana'n gweithio yn Adran Grantiau'r Cyngor Llyfrau am 35 mlynedd. Yn ogystal, bu'n ysgrifennu cyfresi teledu i blant megis *Sang-di-fang*, *Caffi Sali Mali* a *Pentre Bach*. Ffilmiwyd *Pentre Bach*, cartref i Sali Mali a'i ffrindiau, ar hen fferm y teulu ym Mlaenpennal, Ceredigion ac fe wnaeth hi a'i gŵr, Adrian ddatblygu'r lleoliad yn atyniad i deuluoedd ac yn llety hunan-ddarpar. Ers ymddeol, mae'n treulio tipyn o'i hamser ym Mhentre Bach a hefyd yn ysgrifennu. Hi yw awdur dau lyfr bwrdd bach yng nghyfres llyfrau *Sali Mali* a ymddangosodd yn ddiweddar ac mae ganddi sawl cynllun arall ar y gweill.

Y cyngor doethaf a dderbyniaist gan dy fam?
'Y cyngor gorau ges i gan fy mam oedd, "Dros drothwy drws dy dŷ, dal dy dafod".'

SIÂN JAMES
Mami fêch *(tudalen 22)*

Siân yw'r amlycaf ymhlith cantorion traddodiadol modern yng Nghymru. Bellach mae hi wedi rhyddhau naw albwm, pedwar gyda chwmni Sain; yr albwm *Birdman* (comisiwn arbennig o gyfansoddiadau gwreiddiol a thraddodiadol i BBC 2), ac yna *Pur*, *Y Ferch o Bedlam*, *Adar ac Anifeiliaid*

a *Cymun* ar ei label, Recordiau Bos. Bu'n teithio'r byd gyda'i chanu ers blynyddoedd lawer, yn cynnal cyngherddau yn Siapan, yr Unol Daleithiau, Canada, Patagonia ac Ewrop. Yn ddiweddar, dychwelodd Siân i'w gyrfa actio drwy bortreadu'r cymeriad Elinor yn y gyfres ddrama boblogaidd, *Byw Celwydd*.

Y cyngor doethaf a dderbyniaist gan dy fam?
'Y cyngor sydd flaenllaw yn fy meddwl i, a rhywbeth y byddai yn fy atgoffa ohono hyd ddiwedd fy ugeiniau oedd, *"Whatever you get up to Siân . . . just don't get yourself pregnant!"* Dwi'n falch iawn na chymerais sylw o'r cyngor hwnnw!'

ALYS CONRAN
Magu Emyr *(tudalen 31)*

Alys Conran yw awdur *Pigeon* (Parthian Books, 2016) a gafodd ei gyhoeddi ar yr un pryd yn Gymraeg fel *Pijin* (cyf. Sian Northey). Mae ei ffuglen wedi cael llwyddiant yn y Bristol Short Story Prize a'r Manchester Fiction Prize. Yn ogystal, mae hi'n cyhoeddi barddoniaeth, traethodau creadigol a chyfieithiadau llenyddol. Mae hi yn awr yn ddarlithydd sgwennu creadigol ym Mangor.

Y cyngor doethaf a dderbyniaist gan dy fam?
'Mae fy mam annwyl yn llawn doethinebau mawrion a bychain, ond y doethineb mwyaf ymarferol sy'n cael ei ailadrodd yn aml yw, "Cym baracetamol a bàth a dos i'r toiled." Yn ein profiad ni fel teulu, does dim llawer mewn bywyd na all y cyngor yma'i helpu.'

MARY HUGHES
Hi yw hi *(tudalen 40)*

O Ysgol Dyffryn Nantlle aeth Mary i
Goleg y Brifysgol ym Mangor a graddio
yn y Gymraeg. Bu'n gweithio ym myd
addysg am flynyddoedd, cyn ymddeol
yn gynnar i gadw tyddyn a garddio,
gyda'i diweddar ŵr. Yn gyn-enillydd
Coron yr Urdd, mae wedi cyhoeddi
tuag wyth o gyfrolau ar wahanol
gyfnodau, yn ogystal â chyfraniadau i
wahanol gyhoeddiadau.

Y cyngor doethaf a dderbyniaist gan dy fam?
'Cofia di barchu pawb, mae pawb yn blentyn i rywun.'

MARRED GLYNN JONES
Llygaid Mam *(tudalen 47)*

Magwyd Marred ym mhentref
Brynsiencyn ar Ynys Môn. Mae wedi
ymgartrefu bellach mewn pentref arall
ar y tir mawr – Glasinfryn, ger
Bangor. Ar ôl blynyddoedd o weithio
yn y maes cyfathrebu, mae Marred yn
gweithio fel Golygydd Creadigol i
Wasg y Bwthyn yng Nghaernarfon.

**Y cyngor doethaf a dderbyniaist
gan dy fam?**
'Doedd Mam ddim yn un i roi cyngor, yr hyn oedd yn bwysig iddi
hi oedd fy mod i a'm chwaer yn hapus, ac ein bod ni'n trin pobol
gyda charedigrwydd a pharch.'

ANGHARAD TOMOS
Pam mae gan dy fam wallt gwyn?
(tudalen 49)

Daw Angharad o Benygroes, Dyffryn
Nantlle, lle mae wedi byw erioed, yn un
o bump o ferched i Eryl Haf – o
Fethesda. Un mab sydd ganddi, o'r enw
Hedydd. Mae'n ennill ei bara menyn
drwy sgwennu, a hi greodd Rala
Rwdins a Rwdlan. Bu'n Gadeirydd
Cymdeithas yr Iaith, ac mae'n parhau i ymgyrchu. Mae ganddi
golofn wythnosol yn yr *Herald Cymraeg*, ac mae'n awdur cyfrolau
i bobl ifanc a phlant yn ogystal â rhai oedolion.

Y cyngor doethaf a dderbyniaist gan dy fam?
'"Byddwch yn driw i chi eich hun" a "Peidiwch â mynd dan draed
neb!" Bu'r ddau gyngor yn fuddiol iawn.'

REBECCA ROBERTS
Camau bychain *(tudalen 58)*

Magwyd Rebecca ger y môr ym
Mhrestatyn. Derbyniodd ei haddysg
yn Ysgol Glan Clwyd a Phrifysgol
Bangor, lle enillodd hi radd mewn
Saesneg ac Ysgrifennu Creadigol yn
2006. Bu'n gweithio i Fenter Iaith Sir
y Fflint am yn agos i ddegawd, ac yn
sgwennu am dipyn hirach na hynny!
Mae Rebecca'n briod ag Andrew, ac mae ganddi un ferch,
Elizabeth, a anwyd yn 2014. Mae gan Elizabeth *Fibular
Hemimelia*, cyflwr prin sy'n effeithio ar ei choesau. Eu stori nhw,
fel mam a merch, a geir yn y gyfrol hon.

Y cyngor doethaf a dderbyniaist gan dy fam?
'Y cyngor gorau a roddwyd i mi gan Mam (a Dad hefyd!) oedd,

"Ceisia dy orau". Dyna'r unig ddisgwyliad oedd ganddyn nhw ohonom ni fel plant – ein bod ni'n trio'n gorau glas.'

BETHAN LLOYD
Dwi isio Mam! *(tudalen 68)*

Mae Bethan Lloyd yn newyddiadur-wraig sydd wedi gweithio i'r BBC, a'r *Western Mail*, ac ar hyn o bryd mae'n olygydd gyda'r gwasanaeth newyddion ar lein *Golwg360* ac yn ysgrifennu i'r cylchgrawn *Golwg*. Mae hi'n byw yn Llandudno gyda'i gŵr, eu dwy ferch a dau gi (a bochdew).

Y cyngor doethaf a dderbyniaist gan dy fam?
'Pan wnes i ddarganfod 'mod i'n feichiog, roedd pawb yn rhoi cyngor i mi – beth i'w fwyta, beth i'w wneud, beth ddim i'w wneud, a phan gyrhaeddodd y babi, roedd pethau'n waeth! Ond y cyngor gorau ges i gan Mam oedd, "Chi ydy'r rhieni, chi'n sy'n gwybod beth sydd orau i'ch plentyn ac mi fyddwch chi'n gwybod yn reddfol beth sy'n iawn a beth sydd ddim".'

MANON STEFFAN ROS
Mam dda *(tudalen 76)*

Mae Manon Steffan Ros yn awdur a dramodydd. Mae ei nofelau wedi ennill sawl gwobr, gan gynnwys gwobr Barn y Bobl yn seremoni Llyfr y Flwyddyn, a gwobr Tir Na N'Og. Mae ganddi golofn llên meicro wythnosol yn y cylchgrawn, *Golwg*. Daw Manon o Rhiwlas, Arfon yn wreiddiol, ond mae bellach yn byw yn Nhywyn, Bro Dysynni, gyda'i meibion.

Y cyngor doethaf a dderbyniaist gan dy fam?

'Doedd Mam ddim yn un i roi cyngor ond dwi'n trio dilyn ei hesiampl hi.'

FFLUR MEDI OWEN
Helfa drysor *(tudalen 83)*

Mae Fflur yn byw yng Nghwm y Glo ac yn fam i Twm Mabon a Nyfain Rhiannon. Mae rhyfeddodau a dyfnderoedd bywyd yn ei synnu, ei chyfareddu a'i dychryn yn ddi-bendraw ers iddi ddod yn fam. Oherwydd hyn, mae ar fin hyfforddi fel gweinidog aml-ffydd (ond mi fydd hi'n dal i'w chanfod mewn ffeiriau).

Y cyngor doethaf a dderbyniaist gan dy fam?

'Y cyngor gora ges i gan Mam – "Os ydi petha'n teimlo'n ormod, a chditha'n teimlo'n fach, arhosa am eiliad ac edrycha i fyny i'r awyr. Cymra anadl ddofn (neu ddwy neu dair neu ddeg). Pen i fyny. Sgwydda nôl. Ymlaen â chdi!"'

CATRIN LLIAR JONES
Ffasiwn Steddfod *(tudalen 85)*

Daw Catrin Lliar Jones o Lanaelhaearn ac mae wedi gweithio yn Llundain, Boston a Ghana. Erbyn hyn mae hi'n byw mewn gardd wyllt ar gomin Uwchgwyrfai gyda dau blentyn, dau gi, un gŵr ac un gliniadur. Yn gyn-athrawes a chynnani, mae bellach yn recordio gwersi a threfnu digwyddiadau ar gyfer y cwrs Cymraeg *SaySomethinginWelsh*, yn ysgrifennu, ac yn breuddwydio am gadw trefn ar ei phlant.

Y cyngor doethaf a dderbyniaist gan dy fam?

'Bob tro o'n i'n cael cariad newydd, roedd Mam yn f'atgoffa i "gadw dy goron ar dy ben".'

HAF LLEWELYN

Anna ar y trên *(tudalen 96)*

Daw Haf Llewelyn yn wreiddiol o Gwm Nantcol yn Ardudwy, ac yno mae ei mam yn dal i fyw. Erbyn hyn, mae hi wedi ymgartrefu yn Llanuwchllyn, mae hi'n briod ac yn fam i bedwar o blant. Mae Haf yn ysgrifennu ar gyfer oedolion a phlant, ac wedi cyhoeddi sawl nofel ynghyd â chyfrol o farddoniaeth.

Y cyngor doethaf a dderbyniaist gan dy fam?

'Dydi Mam ddim yn un am roi cynghorion a dweud y gwir, ond rydw i'n dal i geisio efelychu ei ffordd hi o wneud pethau. Rydw i wrth fy modd yn garddio – gan Mam y cês i'r diddordeb hwnnw, mae hi wrthi'n brysur yn y tŷ gwydr, ac yn byw ar gynnyrch yr ardd trwy'r ha'. Dwi'n teimlo fi'n hun yn ymdebygu iddi fel rydw i'n mynd yn hŷn – dwi'n chwyrnu dan fy ngwynt pan nad ydi pethau'n fy mhlesio. O – a dw inna hefyd yn dueddol o fynd â fflasgied o goffi neu de efo fi ar drip, fel bydda' Mam bob amser. Mi eith fflasgied o de â chi ymhell!'

EURGAIN HAF
Y Daith *(tudalen 109)*

Hogan o Benisarwaun ydi Eurgain yn wreiddiol ond erbyn hyn yn byw ym Mhontypridd hefo'i gŵr, Ioan a'u plant, Cian Harri a Lois Rhodd, a chi bach o'r enw Cai Clustiau. Mae wedi ennill sawl gwobr lenyddol ac yn gyn-enillydd Coron Eisteddfod Genedlaethol yr Urdd ac Eisteddfod Môn, a Medal Ryddiaith Eisteddfod Dyffryn Ogwen. Hyd yma mae wedi cyhoeddi deg o nofelau ar gyfer  plant ac wedi cyfrannu straeon byrion ar gyfer cyfrolau i oedolion. Fe berfformiwyd drama fer o'i heiddo, *Cadw Oed,* fel rhan o gynhyrchiad teithiol Sgript Cymru, 'Drws Arall i'r Coed' yn 2005. Ar hyn o bryd mae'n rhannu ei hamser rhwng bod yn fam, gweithio fel Rheolwr y Cyfryngau a Chyfathrebu i elusen Achub y Plant yng Nghaerdydd ac ysgrifennu pan fo modd. Mae ei dyled yn fawr i'w mam am ei thrwytho mewn llyfrau a straeon a chwedloniaeth a fu'n fodd i borthi'r dychymyg.

Y cyngor doethaf a dderbyniaist gan dy fam?
'I fod yn garedig wrth eraill ac i weld y da ym mhawb.'

Never too old for Topshop!

IFANA SAVILL

Eistedd yn stafell aros y deintydd oeddwn i gyda fy mab. Roedd adre o'r coleg a'i apwyntiad ef hanner awr ar ôl fy un i. Roeddwn yn trefnu hyn bob tro gan 'mod i'n gwybod mai dim ond rhyw bymtheg munud y byddwn i gyda fy neintydd, felly roedd yn gyfle bach prin i ni dreulio ychydig o amser 'fe a fi', fel o'n i'n ei alw e, gyda'n gilydd!

Wrth eistedd yn disgwyl ei dro 'fe', roedd cyfle i sgwrsio a'i holi am hyn a'r llall heb ei gwneud yn amlwg 'mod i'n busnesa. Roedd cydio mewn cylchgrawn yn rhan o'r ddefod ac wrth i mi fflicio drwy un, fe ddaliodd pennawd fy sylw. Fe wnes i fyrstio chwerthin.

'Mam! Be sy?' holodd Dafydd.

'Edrych ar hwn,' mynte fi, gan bwyntio at bennawd erthygl.

'*Never too old for Topshop*,' darllenodd. 'Be sy'n ddoniol yn hynna?'

'Mae'n amlwg nad oedd hon,' mynte fi, gan bwyntio at enw awdur yr erthygl, 'wedi cwrdd â dy fam-gu!' Ac mi wnes i fyrstio chwerthin unwaith eto.

Cododd y dderbynyddes fach ifanc, bert, gyda dannedd

gwyn, perffaith, ei golygon i edrych arna i. Wel, na, edrych ar Dafydd wnaeth hi, a dweud y gwir. A dyma fe'n gwneud rhyw arwydd fod ei fam yn ddwl bared. A dyma hi'n nodio a gwenu'n llawn cydymdeimlad arno.

'Sori,' mynte fi.

'Be sy mor ddoniol am hwnna?' holodd eto gan bwyntio at y pennawd.

'Wel, wyt ti'n cofio fel o'n i'n arfer mynd â dy fam-gu i siopa?'

'Odw, ac roedd dy hwyl di yn nhwll dy din di ar ôl dod adre bob tro.'

'Dafydd yyy ... !'

'Sori!'

'Na, ti'n iawn! Mi oedd fy hwyl i yn ... ymmm ... wael,' cyfaddefais.

'Wel?' holodd Dafydd.

Roedd yr amser 'fe a fi' yn mynd ar drywydd hollol wahanol y tro yma.

'Wel, fel ti'n gwybod, roedd dy fam-gu yn mynnu mynd i siopa bob hyn a hyn am ddillad.'

'Er 'i bod hi'n wyth deg pump oed a llond tair wordrob o ddillad mewn un stafell gyda hi,' mynte Dafydd wrth gofio tŷ ei fam-gu.

'A llond stafell arall yn llawn handbags,' mynte fi.

'A stafell arall yn llawn hate,' cofiodd yn sydyn.

'Wel, yr Edinburgh Wool Shop oedd *y lle* i fynd i siopa, a'r drefen oedd 'mod i'n stopio reit tu allan i'r drws, er fod hynny'n creu hafoc ac yffach o le gan nad oedd lle i dynnu mewn fel arfer. Ond stopio o'n i'n neud bob tro a gwneud yn siŵr fod Mam yn saff wrth y drws cyn gyrru bant a phobl yn ysgwyd eu penne arna i, a'u dyrne a phopeth arall oedd gyda nhw i'w ysgwyd. Ambell waith ro'n i'n gwenu'n neis arnyn nhw ... bryd arall, ro'n i'n codi dau fys!'

'Mam yyy ... !'

'Dibynnu shwt siwrne o'n i 'di ga'l gyda dy fam-gu yn y car y diwrnod hwnnw, t'wel,' eglurais.

'Be wnest ti'r diwrnod 'na, 'te?'

'Codi dau fys wnes i'r diwrnod hwnnw. Wy'n cofio'n iawn.'

'Mam!'

'O, Daf bach. Doedd pethe ddim wedi dechre'n dda. Fe a'th pethe o ddrwg i waeth y diwrnod 'na!'

'Beth ddigwyddodd, 'te?' holodd yn betrus. Roedd yn nabod ei fam a'i fam-gu'n rhy dda!

'Wel, i ddechre, wnes i ddim sylwi nad oedd llawer o betrol yn y car ... hanner ffordd i'r dre, fe ddechreuodd y car dagu a phwffian nes dod i stop.'

Cododd Dafydd ei lygaid i'r entrychion. Doedd dim yn newid ym myd ei fam.

'Ond fe fuon ni'n lwcus.'

'Mae lwc mwngrel gyda ti, Mam,' mynte fe gan siglo'i ben.

'Fe wnaeth ryw ddyn bach stopio a dod i'n holi ni beth oedd y broblem, ac wrth gwrs, doedd dim syniad 'da fi. Roedd dy fam-gu yn twt-twtian fan'ny. Holodd e fi a o'dd petrol yn y tanc. Pan wnes i droi'r allwedd a gweld nad oedd y pìn yn symud o'r coch, "Wps!" wedes i. Ond, do'dd hynna ddim yn broblem, ro'dd can sbâr gydag e yn y bŵt.'

'Whare teg iddo fe,' mynte Dafydd.

'Ma mwy ... wrth iddo arllwys y petrol, dyma fe'n sylwi ar y teiyr ôl ac ar ôl mynd rownd y car i gyd, fe wedodd fod angen dau deiyr newydd arna i – ar hast.'

'O, Mam bach!' mynte Dafydd gan daro'i dalcen.

'Diolch i'r nef, wnaeth dy fam-gu ddim ei glywed e'n dweud am y teiyrs. Ro'dd 'i chlyw hi'n dechre mynd pryd 'ny.'

'Ble ma Topshop yn ffito mewn fan hyn?' holodd Dafydd.

'Wel, ar ôl gollwng dy fam-gu wrth yr Edinburgh Wool Shop, ro'n i'n mynd fel bat fel arfer i chwilio am le i barcio ac yna'n rhedeg fyny'r stryd fawr at Mam i geisio osgoi hafoc arall, ond tu fewn y siop fydde hynny nawr. Ond, y diwrnod 'ma, fe wnes i ddigwydd gweld hen ffrind, wel, hen gariad a dweud y gwir.'

Cododd Dafydd ei aeliau. 'Ie?'

'Fe arhoson ni i siarad am sbel nes i fi gofio am Mam.

'"Mam!" mynte fi.

'"Ble?" holodd e gan edrych o'i gwmpas. Doedd hi ddim yn rhyw ffan fawr ohono fe, druan, ac roedd e'n amlwg yn cofio hynny.

'"Rhaid i fi fynd," wedes i wrth sbrintio lan y stryd. Credu ei fod yn eitha *impressed* 'ngweld i'n rhedeg fel 'na!'

'Pwy oedd e 'te, Mam?'

'Weda i wrtho ti 'to, bach. Neb pwysig. Ta beth, fan'ny o'n i'n rhedeg lan y stryd fflat owt fel arfer; cyrraedd yr Edinburgh Wool Shop ac edrych am Mam. Dim sôn. Edrych eto. Dim sôn. Edrych a oedd hi yng nghanol yr hate. Dim sôn. Cardigans?

Cote? Dim sôn. Y llefydd newid? Dim sôn. Yn y diwedd fe feddylies y dylwn holi un o'r merched.

'"*Sorry. Don't speak a lot* o Cymraeg, *love*," oedd yr ateb ges i.

'"O, reit. *Have you seen a little old lady with white hair walking about?"* holais. Edrychodd yn hurt arna i. A dyma fi'n edrych rownd; roedd dege o hen fenywod bach gyda gwallt gwyn yn y siop ... "Ocê," mynte fi, *"She was wearing a red coat and a funny hat."* Edrych rownd eto ... gallwn gyfri pump o leia.'

'Ond doedd Mam-gu ddim yn un ohonyn nhw?' medde Dafydd.

'Na ...'

'O!' Saib. 'Be wnest ti, 'te?'

'"*Don't panic!*" wedes i. Mi ges i gip arall rownd y siop ... dim sôn. Allan â fi gan edrych lan a lawr y stryd. Dim sôn. Ond fydde hi byth yn gadel y siop. 'Nôl â fi i'r siop ... dim sôn. Allan â fi 'to i'r stryd ... dim sôn. Jyst wrth i mi droi i fynd 'nôl mewn i'r siop unwaith 'to fe weles, allan o gornel un llygad, fod rhywun yn iste ar stôl ar y pafin wrth ddrws y siop drws nesa ...'

'Paid gweud wrtha i ... Topshop?' holodd Dafydd.

Nodiais fy mhen.

'Mam-gu?' holodd eto.

'Ie, Mam-gu. Fan'ny oedd hi yn iste tu allan.'

'Pam?' gofynnodd.

'Cwestiwn da. Ro'n i ar fin mynd ati pan weles ferch fach ifanc yn dod allan o Topshop a glased o ddŵr yn ei llaw. Mi o'n i'n ddigon agos i'w clywed nhw'n siarad. Diolch i'r nef, roedd cefn dy fam-gu tuag ata i.

'"Dim poeni, ni wedi ffonio'r polîs," medde hi wrth dy fam-gu.'

'O, Mam bach!' mynte Dafydd.

'Yn gwmws, Daf. Fe wnes i rewi yn y fan a'r lle. Fe ges i

flashback o'r dyn bach neis wnaeth ein helpu'n dweud am y ddau deiyr, a hefyd fe gofies yn sydyn ... falle nad oedd MOT ar y car. Beth 'se'r heddlu yn ein hebrwng ni'n dwy at fy nghar i? ... Mi benderfynes i jyst wrando am damed bach mwy. Clywes y ferch ifanc yn dweud,

"'Ma *manager* fi yn dod i siarad gyda chi *again*."

'A gweles ferch arall chydig yn hŷn yn dod atyn nhw.

"'*Say* stori chi eto, *love*," medde hon. A dyma Mam yn dechre arni ...

"'Wel, fel wedes i, ma'r ferch jyst wedi fy ngadael i fan hyn a dreifio bant." Wel, doedd y ddwy ddim yn edrych yn *impressed* o gwbl. Fe glywes i nhw'n dweud pethe fel, "Jyst dropio ti off a dreifio awê?" a "Ma hynna'n *disgusting*" a "*Leavo* hen fenyw ..." Ond dyma dy fam-gu yn eu stopio nhw fan'na.

"'Hen fenyw ... wy i ddim yn hen. Wy'n cadw lan 'da'r ffasiwn. Dyna pam wy'n dod i'r siop 'ma. Wy'n dod yma ers blynydde. Ond heddi ma popeth wedi newid. Ar ôl i fi edrych rownd, fe es i lan, wir, at y ferch fach 'ma," a phwyntiodd dy fam-gu at y ferch ifanca, "i holi beth oedd wedi digwydd i'r siop, ac fe holes i, *What on earth has happened to this shop? Does dim byd 'ma yn fy siwtio i ragor. Ac wedyn fe es i i deimlo'n ffeint*."

"'*That's when I went to find you*," medde'r ifanca o'r ddwy.

'A dyma dy fam-gu'n cario 'mla'n: "Fe wedes i'r stori wrthoch chi wedyn ond fe es i i deimlo'n fwy ffeint. Ac wedyn fe wnaeth y ferch fach 'ma gydio yn fy mraich a'm rhoi i iste yn y stôl 'ma."

"'*A bit of* awyr iach," medde'r ferch.

'"Da iawn ... ie, ie ... *Don't worry, the police are on their way. They won't be long*," wedodd y manijyr.

'"Chi'n iawn am *few minutes* nawr?" mynte'r ferch ifanc. Gweles Mam yn nodio. "Dod *back now*."'

'Ie?' mynte Dafydd. 'Be nesa?'

'Dyna pryd weles i fy nghyfle, t'wel. Mi es lan ati'n reit hamddenol a dweud, "O, Mam fach, fan hyn y'ch chi. Be chi'n neud fan hyn?" ac mi wnes i gydio yn ei braich, a'i chodi a dechre cerdded. Os do fe 'te!

'"Be wy'n wneud fan hyn?" mynte hi'n grac. A dyma'r bregeth yn dechre. "Beth dda'th dros dy ben di i hala fi mewn i'r siop 'na," ac fe bwyntiodd at Topshop. Fe wnes i geisio dechre egluro ei bod wedi mynd mewn i'r siop anghywir. Ond fe glywes seiren yn y pellter ac roedd yn dod yn nes ac yn nes. Lwcus bod dy fam-gu yn drwm ei chlyw.

'"Dewch, Mam," mynte fi a'i hwpo hi mewn i'r Edinburgh Wool Shop.

'"*Oh, you found her then?*" mynte'r ferch wrtha i.

'"*Yes*," mynte fi, gan wthio Mam mewn yn ddyfnach i'r siop a'i rhoi yng nghanol y cardigans neu'r cote neu'r hate – wy ddim yn cofio'n iawn ... hate a chote, wy'n cofio nawr.

'"Nawr, edrychwch ar rhain. Trïwch bob un arno ac erbyn ddo i 'nôl, wy ise bo' chi wedi dewis cot a hat newydd. *My treat*," wedes i.

'"O, diolch, bach," mynte hi'n syn. "Ble wyt ti'n mynd?"

'"Angen egluro rhywbeth i rywun," mynte fi. "Peidiwch symud o fan hyn."

'Roeddwn yn gwybod y bydde hi'n hapus fan'ny am sbel go lew. Digon o amser i fi fynd i glirio'r cawlach 'ma lan. Fe gerddes yn glou drwy'r siop. "*Don't worry, she's safe and trying on all the hats and coats,"* mynte fi wrth y ferch, wrth ruthro heibio. Ond fe wnes i droi 'nôl a'i holi, *"But can you keep an eye on her? Make sure she doesn't leave the shop."*

'Nodiodd y ferch. Erbyn hyn roedd tyrfa fach reit sylweddol tu allan i Topshop gyda'r heddlu wedi stopio yng nghanol y ffordd, gan nad oedd lle i dynnu mewn, a'r seiren yn dal i droi a gwichian. Roedd y traffig ar stop am yr eilwaith y diwrnod hwnnw! Roedd y ferch fach o Topshop wrth ei bodd yng nghanol yr holl ffŷs ac yn pwyntio at y stôl wag. Ac mi glywes hi'n dweud, *"I left her there. Honest!"* Ac mi wnes inne adel pethe fan'na.'

'Be ti'n feddwl?' holodd Dafydd.

'O, Daf bach! O'n i wedi cael llond bola erbyn hyn. Mi wnes i sleifio 'nôl at dy fam-gu ... a fan'ny buon ni am awr dda arall, siŵr o fod, ac erbyn i fi fynd i edrych shwt o'dd pethe tu allan i'r siop, doedd dim sôn am yr heddlu. Fe gath dy fam-gu hat a chot newydd y diwrnod hwnnw, cot las a hat werdd. "Gwisgwch nhw nawr, Mam," medde fi gan stwffio'r got goch a'r hen hat i mewn i fag ... jyst rhag ofan bydde rhywun yn ei nabod hi yn ei chot goch wrth i fi ei phigo hi lan tu allan i'r siop. Roedd hi wrth ei bodd!'

'Est ti ddim i egluro?' holodd Dafydd.

'Naddo fi,' wedes inne.

'Dafydd Aaron,' galwodd y dderbynyddes gan wenu'n bert. 'Mae'r deintydd yn barod amdanoch nawr.'

'Wy ddim yn credu bo' ti wedi gwneud hynna, Mam!' mynte fe, wrth godi a dilyn y pen-ôl bach siapus. 'Mam-gu, druan!'

'O, Daf bach! Ma sawl stori arall fel 'na,' sibrydais dan fy ngwynt.

'Beth am alw yn Topshop cyn mynd adre?' galwais wrth iddo ddiflannu rownd y gornel. *'Never too old for Topshop!'*

Clywais ebychiad, 'O, Mam bach ...'

Mami fêch

SIÂN JAMES

Cerddais i mewn i'w llofft hi gan deimlo fel petai gordd yn curo fy nghalon. Teimlais grafangau fy nhristwch yn cripian i fyny fy nghorff a meddyliais am y canfed tro nad o'n i'n barod i wneud hyn. Bûm yn ceisio rhoi'r dasg o glirio'i dillad hi i gefn fy meddwl ers rhai misoedd bellach. Roedd y syniad o'u plygu nhw'n ofalus a'u rhoi mewn bagiau ailgylchu yn teimlo mor oeraidd, mor anystyriol o'i choffadwriaeth.

Ond roedd heddiw'n wahanol rywsut. Roeddwn wedi teimlo fy mabi bach yn symud yn fy nghroth am y tro cyntaf, a'r don o obaith a chariad a lifodd drosta i wedi helpu i godi'r cwmwl. Bron yn ddiarwybod i mi, roedd amser wedi dechrau lliniaru'r briwiau a theimlais artaith ein colled yn dechrau lleddfu. Meddyliais, efallai heddiw y byddwn yn medru wynebu'r orchwyl a oedd yn fy nisgwyl.

Roedd gan Mam stafell wisgo ynghlwm â'r llofft, a'r stafell honno'n llawn hyd y nenfwd o ddillad a hen gistiau llychlyd yn llawn trugareddau o bob math: defnyddiau sidan lliwgar na welsant olau dydd ers blynyddoedd;

brodwaith bendigedig fy Nain Sowth mewn bag plastig Woolworths; fy hen lyfrau ysgol; fy hen bosteri naff o ddyddiau coleg; a fy noli, Poli Anna, yn dal i orwedd yn ufudd yn ei chrud bach pren, ei gwallt yn fythol felyn a'i llygaid glasoer yn dal i rythu arna i'n ddiemosiwn.

Crogai rhai o hoff wisgoedd fy mam oddi ar y rheilen bictiwr uwch fy mhen, fel arddangosfa osgeiddig o'i chwaeth a'i steil unigryw: *kaftan* ddu gyda brodwaith blodeuog oren arni; clogyn brethyn lliw lelog a brynwyd o'r felin wlân yn Ninas Mawddwy; ffrog hir sidan, ddu, gyda *sequins* dirifedi ar hyd-ddi a ddaliai'r golau fel arian byw.

Ac yna'r gôt hir, drom a drud *mink*, yn hawlio'r sylw i gyd. Dyma oedd ei hoff ddilledyn yn y byd i gyd. Teimlais fy ngwên yn ennill y dydd yn yr ornest gyda 'nagrau a daeth atgofion melys am ein perthynas a'n cyfeillgarwch i lenwi 'nghalon.

'Ddoi di efo fi, Siani Bwt? ... Plis?'

Sbiais draw ar fy mam a oedd yn rhythu'n daer arna i o'i chadair gyfforddus yr ochr draw i'r stafell.

Roeddwn innau'n gorweddian yn fy lle arferol ar y soffa, yn gwylio'r unigryw Hurricane Higgins ar y teledu yn symud yn osgeiddig athrylithgar o gwmpas y bwrdd snwcer.

'Be 'ddwedest ti?'

'I Abertawe ... i'r siop 'na dwi 'di sôn wrthat ti amdani hi ...'

'O, Mami fêch ... Wir? Ti o ddifri ynglŷn â hyn? Go iawn? Ti'n gwbod sut dwi'n teimlo am bobol yn gwisgo blincing ffŷr. Ma'r holl beth yn *weird*.'

'O, twt faw! Tyden ni wedi bod yn gwisgo *fur coats* ers oedden ni'n byw mewn ogofâu. *Don't go all "animal rights" on me for God's sake,*' meddai yn ei ffordd bei-ling arferol.

Parhaodd i sbio'n obeithiol i gyfeiriad y soffa, yn aros i mi ymateb, ond penderfynais beidio â chymryd yr abwyd.

O weld y diffyg ymateb, cododd yn flin ar ei thraed a dechrau clirio'r cwpanau te'n swnllyd. Yn y man, dywedodd yn bwdlyd, 'Dwi'm yn gwbod be 'di'r holl ffŷs, wir. Hen bethe bêch blin ... *minks ... horrible, sharp teeth ... scratchy claws. Bite your leg off soon as look at it!*'

Codais fy aeliau'n ddirmygus arni er gwaetha'r hanner gwên ar fy wyneb.

Roedd Mam, yn ei ffordd ddihafal ei hun, wedi penderfynu ei bod hi'n hen bryd iddi gael *mink coat* newydd, a hynny mor fuan â phosib. Roedd fy nhad wedi cael prisiau da yn y sêls ŵyn ac felly, be oedd y pwynt oedi? Bu'n breuddwydio am y *mink coat* fondigrybwyll ers tro byd, ac o ystyried pa mor galed roedd y ddau'n gweithio i roi'r gorau medren nhw i 'mrawd a finne, pwy o'n i i daflu dŵr oer ar y ffantasi?

'Mami ... sori ... Fi sy'n groes, paid â chymryd sylw,' dywedais o'r diwedd wrth iddi anelu am y drws, 'Os 'di o'n mynd i neud ti'n hapus ... wrth gwrs ddo i efo ti.'

'Www, ffantastic!' meddai ar dop ei llais wrth droi'n ôl i mewn i'r stafell. *'We'll have soooo much fun!'* A rhoddodd glamp o sws ar fy moch.

Roedd Mam wrth ei bodd efo dillad a ffasiwn. Un o'i diléits mwyaf hi drwy fy mhlentyndod a f'arddegau oedd siopa, a ni'n dwy yn trio dillad o bob lliw a llun nes ein bod ni wedi llwyr ymlâdd. Paned o goffi a chrîm cêc wedyn mewn caffi bach *stylish* er mwyn chwilota'n gynhyrfus drwy'r bagiau plastig, a chyffroi wrth gynllunio lle fydden ni'n eu gwisgo nhw gyntaf.

Cael hyd i ddillad 'gwahanol' neu *'striking'* oedd ein *modus operandi*. Hyn oedd oruchaf yn y ddefod. Byddem yn ebychu'n ddramatig wrth ein gilydd, 'Www, wel 'ŵan 'te, ma hwnna'n *striking*', neu 'O! Na, na ... 'di o'm hanner digon "gwahanol" i ti.' Finnau'n gofyn iddi hi am ei barn a hithau'n gofyn am fy marn innau, a'r ddwy ohonom, y rhan fwyaf o'r amser, yn cytuno'n rhyfeddol.

Hi brynodd y gôt *maxi* gyntaf a gyrhaeddodd y siopau i mi, a minnau ond yn un ar ddeg oed. Cofio cyrraedd yr ysgol gynradd yn fy nghôt newydd sbon danlli – hir – a minnau'n meddwl 'mod i'r *'bee's knees'*, fel bydde Mam yn ddeud. Ond er mawr embaras i mi, dechreuodd pawb chwerthin ar fy mhen wrth ymlwybro tuag at 'leins', a minnau'n teimlo'n hynod fach a gwirion.

Rhoddodd y profiad hwnnw glec go iawn i'm hyder i, mae'n rhaid imi gyfaddef, ond buan iawn y rhoddodd Mam y gwynt yn ôl yn fy hwyliau, gan gynnig ei bod yn rhaid i mi baratoi fy hun at ddirmyg pan mae'n dod i ffasiwn, a pheidio â gadael i gulni 'pobol lai goleuedig dy roi di off, wir!'

Dwi'n ei chofio hi'n prynu pâr o *hot pants* i mi fel roedden nhw'n dechre dŵad yn ffasiynol; rhai nefi blŵ crimplîn efo'r bib bach mwya del efo blodyn bach pinc arno fo. Ond rhyw deimlo braidd yn anghyfforddus o'n i, 'tawn i'n onest, gyda 'nghoesau hoci claerwyn, a methais yn llwyr â gwneud i'r 'lwc' weithio. Ac i roi halen ar y briw, roedden nhw'n annioddefol o anghyfforddus o gwmpas y ffwrch a byddwn yn bythol drio ymestyn gwaelod yr hem a thynnu'r sêm yn ddiseremoni allan o rych fy mhen-ôl. *Not a good look*, fel maen nhw'n ddeud!

'Paid ti â bod ag ofn bod yn wahanol,' oedd ei mantra cyson. Dynes o flaen ei hamser heb os, ac yn *fashion guru* heb ei hail.

Ond côt ffŷr? Dyma lle roeddem ni'n dwy yn anghytuno go iawn!

Y diwrnod mawr yn cyrraedd a dyma gychwyn ar ein taith ar awr annaearol o'r bore i lawr i Fur Bazaar yn Abertawe. Rydw i hyd heddiw'n methu deall pam roedd rhaid cychwyn mor gynnar, ond roedd cynnwrf Mam yn heintus a'i holl ymarweddiad fel lodes fach ddireidus yn mynd ar glamp o antur fawr.

Roeddwn i bob amser yn edrych ymlaen yn arw at ein sgyrsiau yn y car ble bynnag fydden ni'n mynd. Byddai ei straeon bob amser yn cydio a hanesion ei phlentyndod cymhleth yn fy hudo'n llwyr. Ond a minnau'n mynd yn hŷn ac yn dechrau dyheu am annibyniaeth a ffurfio fy marn fy hun am wahanol bethau – safiadau gwleidyddol a chariadon ac ati – byddwn yn cael ambell ddadl go danllyd efo hi o dro i dro.

'Be 'di enw'r cariad 'ma s'gen ti rŵan, 'te? *Remind me ...*' meddai'n sydyn, allan o nunlle wrth i ni ymlwybro tua'r de yn yr hen Volvo.

'Teifion?' medda fi'n amheus, a deud yr enw fel taswn i'n gofyn cwestiwn! 'Pam?'

'O, ie ... Teifion ... Enw rhyfedd, ti'm yn meddwl?' a sbiodd arna i gyda golwg 'O! Bechod' yn ei llygaid, bron fel petai'r hogyn â rhyw nam arno.

Sbiais arni o gil fy llygad.

'Ti'n licio fo?' gofynnodd wedyn.

'Ym ... wel, *sort of* ... yndw ... ma'n *ok*.'

'Wel ... ydi o'n *serious*?'

'Dim rili ... ond mae o'n gneud i mi chwerthin.'

'O, wel, *now that's a good sign*,' meddai, gyda braidd gormod o arddeliad!

Meddyliais efallai taw dyna fydde diwedd y sgwrs am y cariad presennol, ond na ...

'*Have you had sex?*'

Doedd hyn yn ddim byd newydd yn sgyrsie Mam a finne 'tawn i'n gwbl onest, felly doeddwn i ddim mor syfrdan ag y bydde rhywun yn ei ddisgwyl o glywed cwestiwn mor blaen!

'Wel ... naddo,' atebais yn onest gyda rhywfaint o siom yn fy llais.

'O, da iawn, dwi'n falch,' meddai â golwg o wir ryddhad ar ei hwyneb hi.

Er i Mam fod yn gwbl agored â mi am ryw er pan o'n i'n lodes fach, yn naturiol ddigon, roedd y syniad o'i merch fach actiwali'n cael rhyw yn chwalu'i phen rhyw fymryn.

'Wel ... jyst bydda'n ofalus, dyna i gyd dwi'n ddeud.'

Disgynnodd pwl o ddistawrwydd drosom ni eto a theimlais wres y car yn dechrau fy nghofleidio â chynfas o syrthni braf.

'Wyt ti'n meddwl 'nowch chi briodi?'

Bu jest i mi dagu ar fy mhoer!

'PRIODI? Blydi hel, Mam! Callia!'

'*Just asking. Calm down*,' meddai wedyn â golwg ddrygionus ar ei hwyneb.

Am yr hanner awr nesa mi ges i hanes diwrnod ei

phriodas hi a 'nhad. Fe briodon nhw yn eglwys Llanerfyl, fis Hydref 1956. Mi ydw i'n trysori llun bach lliw ohonyn nhw'n cerdded i mewn i gar fy Yncl Harri i'w tywys i'r Wynnstay yn Llanfair Caereinion ar gyfer y brecwast priodas.

Gwisgai Mam ffrog liw hufen laes gyda *bolero* fach o'r un defnydd, a amlygai ei gwast fach, fain (a dwchodd yn o sylweddol dros y blynyddoedd wrth i'w hofftter o gacennau hufen adael ei farc!); yn ei dwylo roedd tusw o rosynnau coch, a lipstic coch llachar ar ei gwefusau i fatsio. Edrychai fel Olivia de Havilland yn *Gone with the Wind*, ei hoff ffilm. Roedd Dad, yntau, yn olygus a smart gyda'i siwt ddu a rhosyn coch yn ei lapél, ac edrychai fel y dyn balcha ar wyneb y ddaear. Ynghyd â'r wên enfawr ar wyneb fy mam, edrychai'r ddau fel petaen nhw ar fin ffrwydro mewn swnami afreolus o gariad a hapusrwydd.

Edrychaf yn aml ar y ffotograff hwnnw. Mae'r ymchwydd o ddyheadau a gobeithion am y dyfodol yn gyffyrddadwy yn eu gwenau, ac mae 'na rywbeth mor boenus o bur ynglŷn â'r holl lun. Yn anffodus, roedd gan ffawd gynlluniau llai caredig a phur ar eu cyfer.

'*Happiest day of my life*,' meddai'n freuddwydiol.

'Duw! O'n i'n meddwl ma' 'ngeni fi oedd hwnnw,' meddwn innau dan wenu'n llydan arni.

Edrychodd draw arna i am eiliad a'i llygaid yn llawn cariad, a chyffyrddodd fy llaw.

'*I hope it will be for you too*.'

Yn sydyn roedd 'na *hiatus* go sylweddol yn yr awyrgylch a dywedais yn dawel, 'Mami fêch, dwi'm yn siŵr ydw i isio priodi, 'sti ...'

Am weddill y siwrne, cawsom drafodaeth go danllyd ynglŷn ag amherthnasedd priodas yn yr ugeinfed ganrif a cheisiais ei darbwyllo 'mod i bellach braidd yn ansicr ynglŷn â sut o'n i'n teimlo am wneud y fath sbloetsh, pan mai'r unig beth oedd yn bwysig go iawn oedd cariad.

Edrychodd arna i fel petai gen i ddau ben.

'Where in God's name do you get these ideas, Siân?'

Mi es i ati orau medrwn i wedyn i geisio cyfiawnhau fy marn, gan ddwyn i gof brofiad a gefais ddwy flynedd ynghynt a gafodd gryn argraff arna i.

Bu Mam yn fydfaeth a nyrs ardal am flynyddoedd lawer yn Sir Drefaldwyn, a byddwn yn aml yn cadw cwmni iddi ar ei *home visits*. Cofiaf i ni ymweld â chwpwl lled ifanc rywle yng nghyffiniau Llanfyllin. Trigent mewn hen fwthyn bach del oedd yn sicr wedi gweld dyddiau gwell, gyda gardd wyllt oedd heb weld torrwr gwair ers tro! Saeson rhonc o ganolbarth Lloegr a benderfynodd symud i'r Gymru wledig i ddianc rhag gwagedd y ddinas oedden nhw. O'r sgwrs ddifyr gawsom ni wrth fwrdd y gegin, cawsom wybod iddi hithau unwaith fod yn fodel lwyddiannus, a'i chymar oedd y ffotograffydd golygus a'i gwnaeth yn enwog. Roedd yr holl awyrgylch *hippy-chic* mor rhamantaidd ac ecsotig, a'r holl ddelwedd o'r cwpl hardd, bohemaidd a ymddangosai mor fodlon eu byd heb efynnau confensiwn, wedi cael cryn argraff arna i.

Aeth y car yn ddistaw eto am ennyd wrth i Mam saernïo ac anelu ei saeth eiriol nesaf tuag ata i.

'Wyt ti'n cofio pam oedden ni yno?' gofynnodd, gan godi ei haeliau.

'Wel, nag'dw siŵr,' atebais innau'n bigog.

'*Chronic diarrhoea, my dear! The shits!* Oedden nhw wedi dal rhywbeth afiach iawn o ddŵr y ffynnon ar waelod yr ardd! S'mudson nhw'n o fuan wedyn, 'sti. Wel, chwarae teg, *there's only so much shite even a beautiful couple like that can withstand!*'

Dechreuodd y ddwy ohonom ni chwerthin yn afreolus ar hurtrwydd y stori nes bod y dagrau'n powlio i lawr ein hwynebau. Wrth i'r snochian a'r sgrechian leddfu, meddai'n dawel, '*As idyllic as it all seemed that day, nothing is ever quite what it seems! Cofia hynny!*'

Ei neges i mi oedd ei bod hi'n hawdd iawn cael camargraff o sefyllfaoedd weithiau, a chreu llun anghywir efallai o fywydau pobol eraill, heb wir wybod be sydd yn mynd ymlaen go iawn.

Roedd hi'n llygad ei lle, wrth gwrs, ac mae ei geiriau doeth yn parhau i seinio'n glir yn y cof.

'Wel ...' meddwn i, wrth inni droi i mewn i faes parcio'r siop ffŷr, 'dwi'n dal i gredu bod priodas yn sefydliad anacronistaidd sydd bellach yn ddibwrpas yn y byd sydd ohoni.'

Anwybyddodd fy sylw ac meddai, gyda golwg ddigon dieflig yn ei llygaid,

'*Let's go hunt some mink!*'

Magu Emyr

ALYS CONRAN

'Hen bryd i Ems symud allan,' ddudodd Mai yn y Ganolfan bum mlynedd yn ôl. *Hen bryd*. 'Mae o'n dri deg pump. Amser iddo fo gael bod yn annibynnol. Sefyll ar 'i draed 'i hun.'

Ro'n i'n trio dianc i'r car efo Ems rhag iddi fynd ymlaen efo'r blydi araith, trio cogio 'mod i ar frys i fynd â fo adra at 'i swpar.

'Be neith o?' medda hi, yn dal fy ysgwydd a sbio arna i gyda golwg ddifrifol. 'Os ddigwyddith rwbath i ti, Lora? Be neith o? Ma isio iddo fo allu gneud 'i ffor', 'n toes?'

'Oes,' ddudis i, yn cael gafael ar 'i law fawr o ac yn hanner 'i lusgo fo ar draws tarmac yr iard. 'Oes, siŵr,' fel taswn i'n cytuno. To'n i'm yn gallu meddwl am reswm da dros y ffaith fod y geiria 'symud allan' yn teimlo 'tha pwniad caled yn 'y mol.

Ac ella i mi lwyddo i lusgo Ems i'r car y dwrnod hwnnw, ond mi lusgodd y Ganolfan ni i gyd tuag at yr ergyd yna, y nod pell, pell ar y gorwel: Y Dwrnod Pan Fydd Ems Yn Symud Allan.

31

Dwi'n stafell Ems, yn paratoi'i stwff o. Dwi 'di tynnu'i betha fo oddi ar y walia, 'i bosteri hen a newydd o ferched del fel Kylie Minogue (hen) a Jennifer Lopez (newydd), a dwi 'di rhoi'r cloc 'nath Mam brynu iddo fo, yr un sy'n deud yr amser yn glir wrth bobol sy'm yn gallu deud eu hunain p'run ydi'n chwarter wedi neu'n *twenty-past*, ac wedi'i lapio fo mewn tywel yn un o'r bocsys yn barod i'w roi i fyny ar wal y gegin newydd yn y fflat.

Dwi 'di prynu pedwar o bob dim iddo fo. Pedwar mwg, pedwar plât, pedair set o gyllyll a ffyrc, ac wedyn, pedwar trôns newydd, pedair potel o siampŵ (bargen). Set o bedwar brws dannedd 'cofn na neith o newid hwnnw'n ddigon aml, a phedwar llun o bobol yn y teulu: fi a fo gyda'n gilydd, ei nain o mewn ffrog ha' neis, Yncl Wiliam yn 'sgota, a hyd 'n oed y ddwy gyfnither, Alex a Tiff o Fanceinion, na tydan ni'm 'di'u gweld nhw ers oesoedd. Am ryw reswm, mae o'n falch ofnadwy fod ganddo fo gyfnitherod – am 'u bod nhw mor ddel, siŵr o fod. Dwi 'di prynu haearn smwddio, a *Hi-Fi* newydd efo slot i roi ei *iPod* ynddo fo. Llwyth o betha.

Dwi'n dechra plygu'i ddillad o. Y trowsus, 'i fests o, 'i grysa-t mawr.

Mae o 'di ecseitio'n lân am y peth. Symud allan. 'Di bod isio mynd ers sbelan go dda, ers iddyn nhw ddechra'i baratoi o yn y Ganolfan. Gwersi coginio. Gwersi ateb y ffôn. Gwersi golchi dillad. Gwersi llnau tŷ. Pum mlynedd o baratoi.

'Pan dwi'n byw fy hun,' mae o'n 'i ddeud drw'r adeg; 'Pan dwi'n byw fy hun, mi 'na i goginio sbageti. Mi 'na i banad i mi fy hun yn y bora' (er na tydi o byth yn cymryd paned); 'Mi 'na i wylio'r teledu. Mi 'na i chwara miwsig yn uchel.' Ac wedyn, yn sbio arna i'n ffeind, 'Mi 'na i ffonio adra bob dydd.'

'Gwnei?' dwi'n gofyn bob tro, â gwên, a chusan ar ei ben o, sy'n dechra troi'n foel yn barod.

'Ma'n rhaid dy fod ti'n falch ohona fo,' ddudodd Siwan wsnos dwetha, yn ista ar y soffa; ei thraed noeth hi 'di plygu oddi tani a glasiad o win coch tywyll yn ei llaw. 'Ma'n rhaid dy fod ti'n falch.'

Ac yn sbio arna i, ac yn ôl ar ei glasiad hi o win melfed.

'Yndw,' medda fi. 'Yndw.'

Ond mi o'dd y gair yn rhyw fath o dagu yn fy ngwddw i, a to'n i'm yn gwbod be arall i ddeud, neu sut i ddeud y peth arall o'dd yn chwyddo efo geiria sy'n rhy fawr i 'ngheg i. A wondro pam, er yr holl wersi ar gyfer Ems ar sut i fyw'n annibynnol, wnaethon nhw ddim math o 'mharatoi i.

Mi sbiodd Siwan arna i'n hir. 'Mi gei di fynd i'w weld o'n cei, a'i gael o draw?'

'Caf.' *Ond be os na fydd o isio?*

Mi o'dd Siwan yn dal i sbio arna i.

'Gwranda, Lora,' medda hi wrtha i, 'ti angen hyn 'fyd.'

Dwi'n sbio arni hi'n siarp. 'Pam?'

'I chdi gael dy fywyd di'n ôl.'

Pa fywyd? Does dim rhaid i mi ddeu'thi 'mod i'n meddwl hynny.

'Gei di breifatrwydd, yn cei?' medda hi a rhoi llaw ar fy mraich i. 'Gei di wahodd pobol draw heb boeni ydan ni'n amharu arna fo.'

Ma hi'n llenwi'i glasiad eto, yn ista 'nôl. 'Gei di benderfynu mynd allan pryd bynnag heb boeni am Ems, a gwbod 'i fod o'n iawn efo'i *assistants* heb fod rhaid i ti boeni.'

Ma hi'n rhestru'r petha da 'ma. Ond alla i ddim dychmygu dim ohonyn nhw. Ma gennon ni'n ffor' ni o fyw. Fi ac Ems.

'Ti'n iawn,' medda fi, am 'mod i'n gwbod ei bod hi, er nad ydi dim o hyn yn teimlo'n iawn.

Y noson honno dwi'n ista yn y gegin 'rôl i Siwan fynd, yn trio dychmygu'r gwahaniaeth. Ond ma'r tŷ'n teimlo'n wag, wag. A 'di hynny 'mond o ddychmygu bod Ems wedi mynd.

Fo 'nath y penderfyniad yn y diwedd:
'Dwi'n symud allan yn fuan, Mam,' medda fo.
'Wyt, cariad?' medda fi, ddim yn credu hynny ar y pryd. O'n i'n dal i fod yn 'i wisgo fo bob bore bryd hynny. Roedd o'n methu gneud 'i gria fo'i hun.

Ond dyma fo'n sbio arna i, efo llygaid fatha cerrig.
'Yndw,' medda fo.

Penderfynol. Mae o'n yfflon o hogyn penderfynol. Mi ddysgodd o ddarllen yn reit dda yn 'diwedd. A sgwennu. Ma gynno fo'i gyfri banc 'i hun, a'i waith. Ma gynno fo fobeil ffôn, a chyfri Facebook. Ma gynno fo fywyd annibynnol yn barod. Annibynnol, ond fatha haul mewn system solar lle dwi'n blaned.

Dwi'n codi'r crys-t '*I'm a Super Star*' ac yn 'i ddal o. Ems. Fy Ems i.

'Mae 'na 'wbath arna fo,' ddudodd Mam pan ddoth hi i'r sbyty i'w weld o 'rôl y geni, a'i gwynab hi'n welw 'tha'r galchan, am fod hyn yn draffarth arall ar ben y ffaith 'mod i'n cael babi ar 'mhen fy hun, a dim tad mewn golwg.

'Wbath ddim yn iawn.' Ac mi sbiodd Mam arna fo: 'i gorff

bach ysgafn o yn y blancedi, 'i wallt babi du'n flew 'tha blew cath, ac ysgwyd 'i phen 'nath hi, yn gwbod cyn neb bod rhwbath ddim cweit yn iawn. 'Ond mae o'n beth bach annwyl, yn tydi?' medda hi wedyn.

'Peth bach.' Llais trist. Ro'dd ganddi ryw ffor' o wbod am betha, Mam.

Gafael ynddo fo, dyna dwi 'di'i neud ers y dwrnod cynta 'na'n sbyty. 'I gynnal o. Mi aethon ni â fo adra ac anwybyddu pawb meddygol, tan iddo fo beidio â chychwyn arni fatha'r babis erill. 'Nath o'm siarad, na cherddad, na dechra gwenu ar yr un sbid. Bach yn ara o'dd o. Y peth bach tawel.

Ma'r arafwch 'na 'di dod yn gyfarwydd, jest yn rhan o'i gymeriad. Mi ddudodd y 'mwelydd iechyd bod rhaid gneud mwy o brofion.

'Ga' ni ddisgwyl?' gofynnis i.

Ga' ni jest disgwyl? Disgwyl i Ems gael bod yn jest Ems am chydig mwy?

Ond, 'Dwi'n ama bod rhaid i ni ddechra dilyn y protocol,' medda hi.

Mi o'dd 'na brotocol, ar gyfer babi bach fatha fo. Cyfarwyddiada i'w dilyn fatha cyfarwyddiada *flat pack*. A fynta'n sugno'n dawel bach wrth 'y mrest, yn gwbl berffaith heb 'i roid at 'i gilydd.

Pan aethon ni at yr arbenigwr, mi adroddodd y dyn 'i hanas o i ni fatha mai fo'i hun o'dd bia'r stori, fatha nad fy mab i o'dd Ems. To'dd y pictiwr gafon ni ddim o'r un bachgen. Mi ddangosodd y doctor broblema'r bachgen estron yma i ni, 'i draed o o'dd yn cyrlian fatha dail bach yn crebachu, 'i lygid brown tawel o o'dd ddim yn ymateb cymaint â llygada plant erill o'i oed, a'r diffyg 'mateb i leisia a gwyneba, a'r holl nodweddion amlwg erill o'dd yn gneud i bobol stopio bellach, ac edrych yn llawn cydymdeimlad arnan ni, a deud mewn llais celwyddog, 'O, tydi o'n annwyl. Tydi o'n annwyl!' a sbio arna fo fatha'r doctor yma, yn y ffor' ma gwylwyr adar yn sbio, o bell, bell, a thrio gweld 'i nodweddion o. Pa fath o blu, faint o'dd o'n ddeall, o'dd 'na werth ynddo fo? I be o'dd o'n dda?

Od o'dd mynd â fo i'r grŵp a dechra'i weld o fel anabledd. Fatha tasa genno fo unrhyw beth i'w neud efo'r plant erill, am fod hwn yn fyddar ac yn awtistig, neu honna'n amlwg efo rhyw fath o *syndrome*.

Ond *rock star* o'dd o. Dyna 'di'i gymeriad o. Unwaith ddysgon ni hynny, to'dd na'm llawer o stopio arna fo. Mi gafodd o rôl fawr yn y sioe gerdd yn 'rysgol, a'i nain o'n gwenu'n falch, falch fatha mai hi o'dd 'i fam o. Mi o'dd yn rhaid iddo fo feimio canu i dâp ac ysgwyd 'i ben-ôl a dawnsio fatha Freddy Mercury, a phawb wrth 'u bodda efo fo. Emyr. 'Rêl cymêr,' medda pawb.

Er bod pawb yn 'i weld o'n rhyfeddol 'i fod o'n gweithio o gwbl, mi o'dd rwbath yn Emyr yn cywilyddio pan o'dd o'n deud wrth bobol mai gweithio yn y Ganolfan o'dd o. A phan gynigon nhw gyfle iddo fo yn y Co-op – *job iawn, ond gyda mymryn o gefnogaeth* – mi o'dd o mor browd. Mi ddoth o adra efo'i iwnifform a'i fathodyn yn deud '*Emyr, Store Assistant*', a 'rargol, ro'dd 'i wên o mor llydan ac mi 'nath o'i sŵn bach ecseitid o, a neidio o un droed i'r llall. A ni'n dau'n chwerthin fatha hwligans a dawnsio yn y gegin. Emyr a fi. Ysgydwon ni'n penola fathag adar 'rôl bath y dwrnod hwnnw!

O'n, mi o'n i'n browd. Gafon ni barti bach 'rôl iddo fo

neud y cyfweliad. A'i ffrindia fo, Jemma Fach a Siôn, a fy ffrindia ffyddiog inna, Siwan a Carys, yn dod draw i yfed be o'dd Ems yn 'i alw'n *punch*, sef cymysgedd o *squash* o wahanol liwia.

'Be ofynnon nhw i chdi'n y cyfweliad 'ta, Ems?' medda Siwan, 'rôl rhoi hỳg fawr iddo fo. A fynta'n sbio am yr ennyd hir 'na sy'n dilyn pob cwestiwn.

'Gofyn ... ydw i'n licio ... ydw i'n licio siopa yn Co-op,' medda fo.

'A be uffar ddudist ti?' medda fi. 'Gan fo' ni'n siopa yn Lidl!' A phawb yn chwerthin.

'Dyma fi'n deud 'mod i'n ... 'mod i'n siopa yn Co-op,' medda fo. 'Co-op ydi'r gora.'

A phawb yn chwerthin eto. A finna'n syllu arna fo, 'di synnu'n llwyr am fod Emyr 'di deud celwydd. Ems. A hefyd am 'i fod o 'di mynd yn f'erbyn i, y mymryn lleia bach, bach. Dyna faint o'dd o isio'r job. Fysa fo ddim 'di llwyddo i feddwl o gwmpas y peth fel 'na heblaw fod o wir, wir isio. Penderfynol. Ac mae o wir, wir isio hyn hefyd.

Dwi'n plygu'i dyweli o i'r gist, ac yn wondro neith o ddal i siopa yn y Co-op er 'i fod o'n ddrud. Mi geith ddisgownt. Ma genno fo *assistant* newydd, ac ma hi'n licio 'cynnig dewis', sef rhoi 'i ffor' 'i hun iddo fo. Aros nes iddi weld be neith o pan geith o'i ffor' 'i hun, a be roith o'n y drol yn Co-op: Coco Pops a Cadbury's a Chewits, dyna be fydd hi. Geith hi weld.

'Pan fydda i'n byw'n hun, mi 'na i fyta'n iach i gyd,' ddudodd o, 'rôl Wythnos Byw'n Iach, pan gafon nhw sesiyna ar sut i golli pwysa. Mae o angen dysgu edrych ar 'i ôl 'i hun, meddan nhw.

'Ydi,' medda fi. 'Cytuno'n llwyr.'

Dwi'n ista rŵan ar y gwely, yn dal y crys-t mawr *Super Star*. Dwi'n dechra'i blygu o. Dwi 'di'u plygu nhw i gyd yn berffaith a'u rhoid nhw'n y bag mawr gwyrdd, er bod Mai 'di deud 'i bod hi'n bwysig iddo fo rannu'r baich o bacio.

'Mae o'n *transition activity*,' medda Mai. A finna'n sbio arni hi ac yn meddwl, *ond ma'n rhaid i mi neud hyn, ma'n rhaid i mi neud y petha 'ma fy hun.*

Transition activity ma' nhw'n galw hyn. Y pacio, y lapio, y paratoi at adael i Ems fynd.

Tri deg pum mlynedd. Trwy fy mhedair job, trwy ddau ddyn, trwy 'nghorff i'n colli'i siâp, a thrwy golli Mam pan a'th hi'n y diwedd yn sydyn reit – Ems a finna'n crio ar 'n gilydd yn y capel, a phobol erill yn meddwl y bydda Ems yn fwy o gyfrifoldeb i fi rŵan hyd yn oed, ar 'mhen fy hun, tra be o'dd Ems, go iawn, o'dd modd i fyw.

A'r llosg 'na yn fy llygada i rŵan tra dwi'n rhoi'r crys-t yn y bag. Daria os dwi am grio.

Ma'i law o'n sydyn reit ar f'ysgwydd i. Llaw fawr drom Ems.

'Hỳg i Mam,' ac ma Ems yn gneud 'i beth o, y peth mae o'n 'i neud. Mae o'n rhoi'i hỳg fawr o i mi, tan i mi bron â cholli 'ngwynt.

'Ems! Ems! Gollwng fynd, yr hwligan!'

Ar ôl chydig, mae o'n gollwng a 'dan ni'n sbio ar 'n gilydd, 'i lygid brown, tawel o, a'r geg lydan sy'n dechra gwenu rŵan, a dwi'n chwerthin, ac mae o'n hwtian chwerthin 'fyd, ac yn dallt. Ma Ems 'di dallt teimlada'n berffaith dda erioed.

'Ems,' medda fi yn sbio arna fo, yr Ems cyfarwydd, styfnig, annwyl ac wedyn y peth anghyfarwydd yma, yr Ems sy'n sefyll ar 'i draed 'i hun, ac ma'r teimlad fel ton drwy 'nghorff i ac i mewn i 'ngwddw.

'Dwi mor blydi prowd ohonat ti, Ems,' medda fi, fy llais i'n torri, fatha llais ar radio sy heb ei diwnio'n iawn.

Ac ma'r wên roddodd o i fi wedyn yn dal i fod fatha haul cynnas yn y stafell sbâr.

Hi yw hi

MARY HUGHES

Ddaru hi erioed *gynllunio* dim byd. Digwydd y byddai pethau; ambell dro yn hyfryd o annisgwyl, fel pan gyfarfu â'i hunig wir gariad wrth gerdded i fyny'r allt o'r pentref, ac yntau'n digwydd pasio yn ei sbiff o gar. Ran amlaf roedd ei bywyd yn un tryblith trafferthus, a hithau o hyd ac o hyd yn ceisio bagio allan o ryw addewid byrbwyll. Yn ei dyddiau ysgol byddai Bethan, ei chwaer, yn gorffen ei gwaith cartref yn gydwybodol, ac yn pacio ei bag y noson gynt yn barod at y bore ac yn gorffen y cwbl ar nos Wener er mwyn cael y Sadwrn a'r Sul yn glir iddi'i hun. Fel arall yn hollol y byddai hi, wedi bod yn stwna neu'n crwydro ac wedi gadael y cwbl tan y nos Sul, neu gan amlaf, y bore Llun.

'Pam na drefni di dy waith yr un fath â Bethan?' fyddai byrdwn ei mam bob tro. I ddim diben.

Chynlluniodd hi ddim i ba goleg yr âi chwaith, dim ond dilyn ei ffrindiau wysg ei thrwyn, a'i chael ei hun ar gwrs nad oedd ganddi'r un iot o ddiddordeb ynddo. Rhoi'r gorau i hwnnw a rwdlian efo'r peth yma a'r peth arall wedyn. Mynd ar gwrs dringo, ddim ond i gael gweld sut beth oedd o, a syrthio a thorri ei ffêr. Meddwl cael gwersi gitâr wedyn,

40

ond roedd angen trefnu, ac ar ôl trefnu byddai rhaid mynd yn rheolaidd ac ar amser, heb sôn am ymarfer. I'r gwellt yr aeth hynny hefyd.

Ond trwy'r cwbl yr oedd *o* yna yn y cefndir, mor anwadal â hithau. Roedd y ddau wedi mopio efo'i gilydd, doedd dim dwywaith am hynny, a byddai'i mam yn holi bob hyn a hyn, 'Ydach chi'n selog? Ydach chi'n bwriadu priodi?'

Doedd y peth ddim wedi croesi eu meddyliau. Roedd o'n bownd o ddigwydd, wrth gwrs. Roedd yna fabi ar y ffordd a'r ddau fel geifr ar dranau, wedi hurtio'n lân.

Ei mam drefnodd bob dim, y seremoni fach yn swyddfa'r Cofrestrydd ar gyfer dyrnaid o'r teulu agosaf. Ond bu clamp o barti hwyliog gyda'r nos.

Roedd ei mam druan yn gwaredu ac yn methu deall sut, nac ar beth, yr oedd y ddau'n mynd i fyw.

Ganwyd y babi'n iach a thlws a phawb wedi gwirioni, a fi oedd y babi hwnnw.

Byw ddaru nhw o'r llaw i'r genau, a fy magu innau efo lot o gariad, llawer iawn o help gan Nain a chryn dipyn o anhrefn. Bu'r hen gar, y Sbiffyn fel y cafodd ei fedyddio, yn gydymaith selog, os herciog, am flynyddoedd tan ddiwedd ei oes mewn ffos yn rhydu!

Wrth dyfu, deuthum i dderbyn mai rhieni anghonfensiynol a gefais i ond roedd yna laweroedd o rai tebyg, a dysgais beidio â malio. Gwyddwn ei bod yn waeth ar rai: genod yn yr ysgol yn crio am fod eu mamau yn eu galw'n dew, neu'n ddiog, neu hyd yn oed yn hyll. Chawn i ddim ond 'cydls mawr' hyd yn oed pan fyddwn yn stropio.

''Nhrysor i' fyddai Mam yn fy ngalw; chefais i 'rioed funud o amheuaeth nad oedd y ddau ohonyn nhw'n meddwl y byd ohona i. Roedd gwybod hynny'n andros o help pan fyddai pethau ar eu bleraf.

Rhoddai Anti Bethan ei phig i mewn bob hyn a hyn, yn cynghori a chysuro, ac yn ôl Nain roeddwn i wedi ymdebygu iddi hi. Cawn fynd i aros at un o'r ddwy'n aml, ac yn arbennig os oedd yna rywbeth o bwys yn yr ysgol. Aml i dro mi gywilyddiais wrth i Mam stwffio'n hwyr i gyngerdd neu steddfod, a'i gwallt ar ben ei dannedd, wedi anghofio'n llwyr, ond am wneud yn siŵr ei bod hi yno i mi'r un fath. Roedd yn ddealladwy na fyddai fy nhad ar gyfyl pethau o'r fath. 'Petha merchaid,' yn ei farn o. Ond byddai wrth ei fodd pe byddwn i wedi llwyddo mewn unrhyw ffordd, yn fy ngalw'n 'hogan glyfra'r lle 'ma, werth y byd i gyd'.

O ran gwaith, byddai fy nhad yn cael daliad bob hyn a hyn efo'r hwn a'r llall, yn labro neu fel dreifar, a Mam yn breuddwydio'u bod yn mynd i ennill ffortiwn ryw ddiwrnod. Til Tesco ddeuai â mymryn o gyflog i'r tŷ, ond anwadal oedd hi yno hefyd ac wedi cael sawl rhybudd os oedd hi am gadw ei gwaith.

Ar ddechrau yn y chweched dosbarth oeddwn i pan gyhoeddodd 'Nhad ei fod awydd mentro i weithio ar y cyfandir efo criw o'r ardal a oedd yn meddwl mynd.

'Yn lle?' holais, achos doedd ganddo ddim iaith ar wahân i Saesneg digon carbwl, a'i wên gynnes oedd ei unig sgìl.

'Am 'i throi hi, hogan, i Jermani i ddechra; labro a ballu. Talu'n dda, medda'r hogia.'

A mynd wnaeth 'Nhad.

Fel yr âi amser yn ei flaen, gallwn weld ar wyneb Mam ei bod yn poeni, ond roedd 'Nhad yn anfon arian yn gyson ac yn ffonio bob hyn a hyn, ond doedd dim sôn ei fod am ddod adra.

Aeth pum mlynedd heibio, fel y mae amser yn hedfan, a hithau'n sôn llai a llai amdano, ond yn dal mewn cysylltiad cyson, er na fu adref ond am dri phenwythnos yn ystod yr holl amser. Roeddwn i wedi rhoi'r gorau i geisio cadw mewn cysylltiad ar wahân i benblwyddi a Dolig.

Pan holwn Mam, yr hyn gawn yn ateb bob tro fyddai, 'O, mi ddaw yn 'i amsar 'i hun, gei di weld.'

Doedd hi ddim i weld yn dal dig o gwbl. Yn dal mor ddi-drefn ag erioed ac yn newid ei meddwl fel cwpan mewn dŵr o hyd ac o hyd. Byddai am wneud melin ac eglwys ond dim byd byth yn dod o'r cynlluniau. Teimlwn yn reit am-ddiffynnol ohoni erbyn hyn, ac roeddwn i'n gwybod yn iawn ei bod yn mynd ar nerfau llawer o bobl. Byddwn yn ceisio helpu pan fedrwn, prynu ambell anrheg fach ac ati, a byddai bob amser mor ddiolchgar, ac yn gafael amdanaf yn dynn.

Cefais sioc un penwythnos – roedd hi wedi bod i ffwrdd 'am dro bach'. Wedi mynd i Gricieth wythnos ynghynt yr oedd hi heb drefnu dim ymlaen llaw, ond wedi llwyddo i gael lle i aros.

'Pawb yn andros o glên, ond bob man wedi bwcio ymlaen llaw, cofia.'

Roedd hynny'n syndod mawr iddi hi. Canmolai ei hystafell fechan a oedd yn edrych, os medrech droi ar un ochr, i gyfeiriad y môr. Wn i ddim be'n union wnaeth hi ar ei phen ei hun bach, ond bu yn y castell, yn yfed galwyni o goffi, yn cerdded ar hyd y traeth ac yn gweld Rifíw yn y Neuadd ar y nos Sadwrn.

'Wel, am le braf, wn i ddim pam na fuon ni yno o'r blaen: chdi, fi a dy dad.'

Clywais hynna drosodd a throsodd fel tiwn gron, ond doedd gen i ddim calon i'w hatgoffa y buasai'n rhaid trefnu trip o'r fath!

Erbyn hyn, roeddwn i wedi dechrau ar fy swydd gyntaf ac yn tueddu i feddwl llai amdani yn fy mhrysurdeb nes i Anti Bethan fy ffonio'n hwyr un noson. Holi yr oedd lle roedd Mam. Wyddwn i ddim o'i hanes, ac roeddwn i'n cymryd ei bod adra fel arfer. Beth bynnag, trefnais i gyfarfod Bethan yn y tŷ drannoeth.

Roedd goriad gan y ddwy ohonom, a dyna lle roedd pob dim fel arfer – llond y sinc o lestri, sosban wedi cremstio ar y stof a'r gwely heb ei wneud ers dyddiau, yn ôl ei olwg. Roedd dillad ar hyd y lle a drws y wardrob yn agored, a thipyn o fylchau lle'r arferai ei dillad ysgafnach fod. Dyna'r unig beth oedd yn wahanol i'r arfer.

'Dyna hi eto, wedi codi fel iâr oddi ar 'i nyth,' mwmialodd Bethan o dan ei gwynt.

Gan nad oedd yna nodyn na dim, cysurais fy hun ei bod wedi 'mynd am dro bach' eto, i Gricieth, hwyrach, a bodlonodd y ddwy ohonom ar hynny, ac ar ôl tacluso a glanhau ychydig, aeth Bethan am adref. Piciais innau i'r siop gan fwriadu aros am dipyn yn y gobaith y deuai Mam yn ei hôl, fel ceiniog ddrwg.

Ddaeth hi ddim.

Ar ôl wythnos o ffonio a stilio, yr oedd Bethan a minnau ar binnau, ac aethom ar sgawt i Gricieth rhag ofn ei bod yno'n rhywle a heb feddwl gadael i neb wybod.

Cyrhaeddom yn gynnar a pharcio tu ôl i Gaffi Cwrt,

cerdded i lawr tuag at y môr ac eistedd ar fainc yn mwynhau gwres ysgafn yr haul diwedd haf ar ein hwynebau. Dim syniad ble i chwilio, dim ond trio cofio'r llefydd yr oedd hi wedi sôn amdanynt. Y castell i fyny i'r dde i ni, lle bwyta crand Dylan's i'r chwith ar hyd y traeth, a rhywfaint o ymwelwyr hwyr yn llyfu hufen iâ neu'n llusgo ci anfoddog ar dennyn hir. Hyfryd a hamddenol petai meddwl rhywun yn ddigon tawel i fwynhau.

Aethom i'r stryd wedyn a cherdded i fyny un ochr ac i lawr y llall gan sbecian i mewn i'r siopau, rhag ofn i ni ei methu.

Rhoi'r ffidil yn y to a mynd adref yn y diwedd, yn poeni go iawn erbyn hyn, a Bethan yn daer am alw'r heddlu. Cyndyn oeddwn i, ddim awydd y ddrama, a chytunodd hithau i oedi tan ddechrau'r wythnos, yn y gobaith y deuai Mam i'r fei yn y cyfamser.

Ar fynd i gyfarfod yr oeddwn i ar y bore Llun, pan ddaeth yr e-bost. Bu bron i mi â llewygu wrth ddal fy ngwynt, yn ofni ei agor:

Haia cariad.
Sori, heb gael amser cyn hyn. Rydw i fel y boi!
Yn Sbaen efo dy dad. Am aros am sbelan. 'Drycha ar ôl y tŷ i mi. Dy dad wedi crefu arna i ac mae'n lyfli bod efo fo eto.
Caru chdi.
Mam.

Oedd, mwn!

Mi leciwn i ei hysgwyd hi weithiau; mi fedrwn fod wedi rhoi 'cydls mawr' iddi hefyd. Dim ond bod yn hi ei hun roedd hi unwaith eto, ac roedd hynny'n beth braf – iddi hi! Ac mi ro'n innau'n iawn, hefyd. Mi wyddwn fod ei chariad yn gadarn bob amser yng nghanol yr holl chwit-chwatrwydd.

Llygaid Mam

MARRED GLYNN JONES

Dwi wedi bod yma drwy'r dydd yn disgwyl am y gwaetha. Yn gwybod ei fod am ddod ac yn gwybod hefyd na fedra i wneud dim i'w atal. Mae'r stafell yn gyfyng ac yn gynnes, yr haul yn disgleirio'n hapus y tu ôl i'r llenni caeedig, a'r meddyg yn hofran y tu allan i'r drws yn rhannu cyfrinachau â'r nyrs ar ddyletswydd.

Dwi yma fy hun i ddechrau, yn dal llaw Mam ac yn ceisio ei chysuro, a hithau'n cwffio am ei gwynt. Mae'r panig sy'n chwyrlïo yn fy stumog i'w weld yn ei llygaid hi.

Fy chwaer yn cyrraedd wedyn a'r ddwy ohonon ni'n ista wrth y gwely am oria. I fyny ac i lawr, ar bigau drain, agor a chau'r cyrtans. Sgwrsio'n ddistaw a bod yn fud.

Mi wnes i feddwl yn sydyn, 'Wn i, mi wna i roi lipstig ar wefusau Mam.' Mae gwisgo lipstig yn gwneud i mi deimlo'n well yn syth. Ymbalfalu yn fy mag, gan daflu petha ar y llawr yn fy mrys. Ei ffendio fo o'r diwedd reit yng ngwaelod y bag, wrth gwrs. Cyfraith Sod yn arddangos ei hun unwaith eto. Lliw *Raspberry crush* ydi o, fy hoff liw. Gyda'r lipstig yn fy llaw, dwi'n camu'n fuddugoliaethus at y gwely ac yn sylweddoli fod y gwaetha ar fin digwydd. Mae anadlu

Mam yn swnio'n od, fel hen injan rydlyd. Fedra i ddim symud ond mae fy chwaer yn neidio i fyny, yn dal llaw Mam ac yn sibrwd, 'Nid ofnaf niwed, canys yr wyt Ti gyda mi' yn ei chlust. Dwi'n gwasgu ei llaw arall, ac yn gweld y cyrtan yn disgyn ar fywyd Mam am y tro olaf.

Mae fy chwaer a finna yn sbio ar ein gilydd ac yn llygaid y ddwy ohonon ni mae'r cwestiwn, 'Be wnawn ni rŵan?'

Ennyd o ddistawrwydd. Dwi'n cau llygaid Mam, ac yn difaru gwneud hynny'n syth gan fy mod i ar dân isio gweld ei llygaid hi unwaith eto.

Dwi'n codi at y drych ym mhen pella'r stafell, ac yn sefyll o'i flaen gan fwytho fy ngwefusau â'r *Raspberry crush*. A dwi'n codi fy ngolygon o'r gwefusau coch, ac yn edrych i fyw llygaid llawn cariad Mam.

Pam mae gan dy fam wallt gwyn?

ANGHARAD TOMOS

Doedd hi ddim yn fam gyffredin, ddaru hynny fy nharo o oedran cynnar. Roedd plant eraill yn meddwl ei bod yn rhyfedd, neu'n wahanol a deud y lleiaf. Byddai'n dod i'm nôl o'r ysgol mewn Austin 7 hen ffasiwn, du, a byddai pawb yn chwerthin ar ei phen. Yn y chwedegau, yn Oes y Mini, nid hwn oedd y car mwya cŵl ar y ddaear. Rhywbeth arall fyddai yn achos embaras fyddai ei brwdfrydedd adeg lecsiwn. Fyddai'r un fam arall yn cymryd fawr o sylw o'r digwyddiad, ond byddai'r Austin 7 yn cyrraedd yr ysgol yn blastar o sticeri Plaid Cymru. Peth arall a wnâi fy mam yn unigryw oedd ei gwallt gwyn. Ers i mi allu cofio, dyna oedd lliw ei gwallt, er mai yn ei thridegau hwyr yr oedd pan o'n i yn yr ysgol gynradd.

'Pam mae gan dy fam wallt gwyn?' fyddai plant yn holi, a fedrwn i ddim ateb.

Mam oedd Mam. Doedd hi 'rioed wedi trio bod yn fam fodern, Eryl Haf oedd hi, a neb arall. Roedd hi'n gwbl sicr ohoni'i hun, ac yn gwbl sicr sut roedd hi'n magu ei phlant.

'Nes i 'rioed lwyddo i'w rhoi mewn categori o unrhyw fath. Roedd hi'n gymysgedd ryfedd o wahanol agweddau. Y peth pwysicaf amdani oedd ei bod yn Wesla, yn Wesla wyllt a deud y gwir. Roedd ei thaid yn weinidog Wesla, a'i hen hen daid. Mi briododd Wesla, ac roedd yr enwad wedi bod yn allweddol i'w magwraeth. Eto, doedd hi ddim yn grefyddol – roedd elfen gref o ofergoeliaeth yn perthyn iddi. Credai mewn tylwyth teg, a thrwy gydol ei hoes, gwyddai beth a barai lwc ac anlwc fel ei gilydd. Roedd trefn yn bwysig iddi, roedd yn hynod drefnus yn ei ffordd ei hun. Eto, doedd ganddi ddim rheolaeth ar amser, a byddai'n hwyr i bob man. Roedd hi'n ein cadw ni, bump, yn berffaith o ran gwisg a sanau gwynion, eto doedd ei thŷ ddim fel pìn mewn papur. Roedd elfen o'r hipi ynddi, eto ar yr un pryd, roedd hi'n hynod hen ffasiwn. Chlywais i 'rioed ganeuon y Beatles neu Elvis yn y tŷ – byddai David Lloyd yn llawer nes at ei thast. Eto, daeth adre o noson lawen ym Mhenygroes yn sôn fel y gwelodd y dyn digrifaf erioed – Dewi Pws oedd hwnnw, ac roedd wedi bod yn dyst i un o berfformiadau cynnar Y Tebot Piws.

Peth arall oedd yn hollbwysig iddi oedd Bethesda. Bethesda oedd y lle gora yn y byd. Yno y'i ganed ym 1926, blwyddyn y Streic Gyffredinol.

Dyna pam mai *Un Nos Ola Leuad* yw fy hoff nofel. Mae campwaith Caradog Prichard yn cyfleu i mi fagwraeth gynnar fy mam. Dyma'r dirwedd, ac roedd hi'n gymdeithas uniaith Gymraeg. Geirfa Dyffryn Ogwen a etifeddais i. Roedd hi'n llawn straeon am chwarae cuddio yng Nghae Gias, am syllu i ddyfnderoedd Twll Pant Rhein, ac am chwarae yn Nôl Goch neu wrth Rafon Ogwan. Hyd yn oed

90 mlynedd wedyn, gallai restru enwau'r siopau yn y pentref a phwy oedd eu perchennog. Ro'n i wrth fy modd yn clywed hanes ei Mabinogi.

Roedd hi'n rebel, mae'n rhaid i mi gyfaddef. Yn ferch ifanc, gorymdeithiodd drwy dref Pwllheli dan faner Plaid Cymru, a hithau'n perthyn i'r ymgeisydd Rhyddfrydol ar y pryd!

Trwy fy helbulon efo Cymdeithas yr Iaith, byddai fy ffrindiau yn holi yn aml, 'Be ddywedith dy rieni?' Ateb fy mam: 'Taswn i'n iau, faswn i efo chi.' Yr oedd efo fi – ym mhob achos llys a phrotest, a 'Nhad, yntau. Bob tro yr awn i garchar, roedd yn fwy o wewyr iddi hi nag i mi. 'Pan gewch chi blentyn eich hun, fyddwch chi'n deall.' Ac mi ddois i ddeall. Mae pryderu am eich plentyn yn dioddef yn brifo llawer mwy.

Roedd yn hwyl byw efo hi. Roedd hi'n berson deinamig iawn i fod yn ei chwmni, ac yn fodel gwych i ferch. Ddaru mi 'rioed feddwl fod dim y tu hwnt i mi. Roedd yn ferch ei chyfnod ar sawl gwedd. Heb ddilyn ei gyrfa fel athrawes, wedi bod yn fam lawn-amser, hi fyddai'n cadw tŷ, yn golchi dillad ac yn paratoi bwyd. Ond o ran agwedd, mi fu'n berson cryf iawn ei safbwynt, a'i phregeth gyson oedd 'Peidiwch â mynd dan draed neb'. Rhoddodd hyn hunanhyder inni, a ffydd yn ein barn.

Ymadrodd Saesneg oedd yr un cyson arall: '*To thine own self be true*', y geiriau gan Shakespeare, sy'n cael eu dilyn gan: '*Thou canst not then be false to any man.*'

O'i ddeud mor gyson, cafodd ei serio ar fy meddwl, fel un o'r egwyddorion pwysicaf. Rhaid oedd bod yn ffyddlon i'ch credoau a'ch egwyddorion eich hun, a pheidio â bod ag ofn eu datgan. Drwy gydol ei bywyd, ddaru hi ddim ofni awdurdod, nac ofni ei herio. Ni fyddai byth yn gallu deud rhywbeth yn gyhoeddus, ac un swil iawn oedd hi ar un wedd. Ond os oedd unrhyw un yn cael cam, neu unrhyw un yn gormesu, ni allai gadw'n dawel.

Peth anodd iawn i'w wneud ydi hyn ar lefel bersonol. Ond byddai'n ei wneud yn gyson, a dwi'n credu y câi fwy o barch o ganlyniad.

Rhag ofn i rywun feddwl ei bod yn sant (ond onid sant yw pob mam yng ngolwg ei phlant?) roedd ganddi ei gwendidau, a dal dig oedd ei gwendid hi. Byddai pechu Mam yn golygu dioddef ei llid am ddyddiau, er y byddai'n fodlon maddau. Ddaru hi 'rioed ein curo ond weithiau, byddwn wedi ffafrio slap sydyn yn hytrach na'r cwmwl fyddai ar ein perthynas. Ond yn sydyn, roedd y cyfnod o siom ar ben, a byddai popeth yn iawn unwaith eto.

Bwrlwm byw o ddynes oedd hi, wastad yn brysur. Does neb yn synnu pan ddywedaf mai arni hi y seiliwyd Rala Rwdins. Roedd magu pump o blant dan naw oed yn dipyn o her. Mi fyddwn yn lecio'r adegau pan fyddai'n landio (yn hwyr) wrth yr ysgol a datgan ein bod yn mynd am bicnic i Ddinas Dinlle. Un dda oedd hi am baratoi picnic. Yn wir, welais i ddim neb tebyg iddi am baratoi bwyd. Cefais fy magu ar fwyd cartref, ond hwnnw'n fwyd efo sêr Michelin. Âi i drafferth efo bob dim, ac o ganlyniad, roedd yn fwyd blasus iawn. Byddai ei *fudge* a'i thaffi cartref yn enwog drwy'r fro, a phob Dolig, byddai'n paratoi bocsys o dda-da cartref i gyfeillion a chymdogion. Cododd arian mawr i'r Blaid a Merched y Wawr gyda *lemon cheese* a *chutneys* a jam, ac roedd ei the Cyfarfod Pregethu'n chwedlonol.

Rhoi, rhoi, rhoi – dyna fu ei bywyd. Nid yn unig i ni blant, ond i'r gymdogaeth. Wrth ei phlât bwyd, roedd ganddi restr o bethau i'w gwneud. Y flaenoriaeth yn ddyddiol oedd 'mynd i weld hwn neu hon'. Nid yn unig mewn ysbyty, ond mewn cartref henoed, neu os oeddent yn unig, rhoddai ei hamser yn hael. Byddai'n gwaredu 'mod i'n tynnu sylw at hyn yn gyhoeddus, ond dwi'n credu fod angen gwneud. Dyma'r gymdeithas y cefais i fy magu ynddi. Heb ferched fel Mam, byddai'r gymuned yn datgymalu. Ydw, dwi'n falch fod yna wasanaeth iechyd, ond mae hwn yn wasanaeth yr un mor bwysig, a merched sy'n ei ddarparu. Dyma'r rhin sy'n cydio pobl at ei gilydd mewn cymdogaeth – consýrn a chariad at ei gilydd. Fe'i gwnâi'n llawen hefyd; roedd yn mwynhau cwmni eraill, ac ni fyddai'n arbed ei hun. Oedd, roedd o'n waith blinedig yn aml, ond roedd yna eraill mewn mwy o angen na hi.

Cyndyn iawn fu hi i heneiddio. Yn ei pharti i ddathlu ei phen-blwydd yn bedwar ugain, ddaru ni i gyd fynd i'r Bala mewn carafannau, fath â rhyw deulu o'r Hen Destament. Ei gwefr fawr ar y diwrnod oedd taith mewn canŵ. Roedd wrth ei bodd yn cael hwyl a chwerthin. Pan fyddaf yn ei chofio rŵan, byddaf yn meddwl amdani efo llond cegin ohonom ni – a'n plant, yn dathlu un o'r amryfal benblwyddi. Byddai wedi gwneud cacen, a byddem ar fin canu 'Pen-blwydd Hapus'. Ei braint hi, fel pennaeth y llwyth, oedd gweiddi 'Hip-Hip, Hwrê!' yn uwch na neb arall. 'Braf ydi cael chwerthin,' ddywedai yn aml.

Bu felly yn ei dyddiau olaf. Cwta fis y bu yn yr ysbyty – roedd ei chalon yn gwanio, a doedd dim triniaeth i'w gwella. Roedd wedi bod i mewn ac allan o ysbytai yn aml yn ystod y ddwy flynedd olaf. Byddai'n un fywiog i'w chael mewn ward. Y peth cyntaf a wnâi oedd dod i nabod pawb ym mhob gwely a holi eu perfedd. Yna, pan ddeuem i ymweld, byddem yn gwylltio efo hi, achos y cyfan a gaem oedd hanes pawb arall!

'Ewch i weld hon a hon – does neb yn ymweld â hi,' fyddai ei chais. Rydw i'n gohebu efo gwraig o dde Lloegr ers blynyddoedd. Sut ydw i'n ei nabod? Ar ei gwyliau yng ngogledd Cymru, bu'n wael a threuliodd wythnos neu ddwy dros y ffordd i Mam yn Ysbyty Gwynedd. Roedd yn un o ferched Comin Greenham, a chafodd hi a Mam sgyrsiau maith. Mi ddaru nhw gadw mewn cysylltiad wedi hynny a diau fod hynny bymtheg mlynedd yn ôl.

Fis Rhagfyr, roedd gwên ar ei hwyneb. Roedd wedi canfod, ymysg y gwelyau yn y ward, Wesla glên, a honno o Aberdaron. Roedd hynny wedi rhoi modd i fyw iddi. Roedd ei hachau'n bwysig iddi – teulu ei mam o Aberdaron, a theulu ei thad o Sir Fôn. Sawl gwaith bu ym mynwent yr eglwys yn Aberdaron yn chwilio am feddi hwn a'r llall.

Driphlith draphlith oedd y goeden deuluol yn ei phen, ond doedd dim ots. Gallai greu darlun byw o gyfnod cynnar iawn drwy ei hatgofion. Seiliais fwy nag un o'm nofelau ar yr atgofion hynny.

Roedd hi'n falch o'i thras, rhaid deud. Yn 2014, euthum efo fy rhieni i fynwent Soar, Llandecwyn, lle roedd Edmund Evans wedi ei gladdu. Edmund Evans oedd y gweinidog a deithiodd o Ardudwy i Gaerdydd ar gefn ceffyl yn unswydd er mwyn gallu treulio noson olaf Dic Penderyn efo fo yn ei gell. Roedd o'n hen hen daid i fy mam. Buom wrthi'n ddyfal yn chwilio, ond roedd y bedd dan dyfiant trwchus ac anodd oedd mynd ato. Wedi bod wrthi'n tocio'n brysur, euthum efo nhw eto i weld y bedd ar ei newydd wedd. Roedd hi wrth ei bodd.

Yn y diwedd, es ati o ddifri i hel achau, a byddwn yn galw heibio iddi efo'r darganfyddiadau diweddaraf. Roedd hi'n meddwl erbyn y diwedd fod y peth wedi mynd ar fy meddwl. Sawl gwaith gofynnais iddi neilltuo un bore'r wythnos i roi trefn ar yr achau, ond ei hateb yn ddi-ffael oedd ei bod yn rhy brysur.

'Rhy brysur yn gwneud beth, a chithau yn 85?' gofynnwn. Edrych yn beryg arnaf a wnâi, ac estyn y bwrdd smwddio. Roedd ganddi fwy na digon ar ei phlât, roedd hi'n rhy brysur yn byw.

Roedd hi'n digwydd bod yn wir nad oedd ganddi fawr o barch at flynyddoedd a dyddiadau. Mewn bocs wrth ei chadair yn yr ystafell fyw, roedd pentyrrau o rifynnau o *Llais Ogwan* a *Lleu*. Byddai wrthi'n ddyfal pan gâi amser, yn torri lluniau a storïau o'r papurau hyn, ac yn y diwedd, roedd wedi gorffen y dasg. Ro'n i'n awyddus i'w gosod yn dwt mewn llyfr lloffion. Pan edrychais arnynt, sylweddolais nad oedd dyddiad ar gyfer yr un ohonyn nhw. Dywedais wrthi, yn reit flin.

'Be ydi'r ots?' gofynnodd, ac atebais nad oedd modd eu catalogio yn y drefn iawn yn ôl amser. Doedd hynny'n poeni dim arni.

''Run wynebau sydd ganddyn nhw, dim ots ym mha drefn y maent. Lecio edrych ar eu hwynebau ydw i, a darllen y straeon.'

A dyma hi, yn gryno. Diddordeb ysol mewn wynebau, pobl a'u straeon, ac wfft i gronoleg a chofnodi.

Ganddi hi y cefais fy hoffter o wneud cartŵns. Roedd ganddi law gain, ond wnaeth hi 'rioed gartŵn. Eto, hi roddodd y gallu hwnnw i mi edrych ar bobl a sylwi ar eu nodweddion. Byddem yn aml mewn caffi, neu'n aros mewn car, neu'n syllu drwy ffenest y garafán yn y Steddfod (hoff bleser), yn gwylio pobl. Mwya sydyn, byddai'n deud, 'Ydach chi wedi sylwi petha mor od ydi trwynau?' ac mewn dim, roeddem ni'n chwerthin ac yn rhannu pleser o weld yr abswrd mewn pethau cyffredin.

Ddaru ei synnwyr digrifwch ddim diflannu hyd yn oed yn y dyddiau olaf. Un o'r dyddiau gorau a gawsom yn ei chwmni yn yr ysbyty oedd cofio cerddi R. Williams Parry, ei hoff fardd. Gyda chymorth ei chwaer, llwyddodd y ddwy i gofio 'Gadael Tir' ar ei hyd.

'Mae hi'n ddychrynllyd o ddigalon,' rhybuddiodd ni. Cerdd am y bardd yn myfyrio 'myfyrdodau henaint llesg' ydyw, 'cyn dyfod dyddiau blin ei hydref oer'. Dyna lle'r adroddai'r llinellau a ddysgodd yn ferch ifanc:

'Heb bylni llygad a heb gryndod llaw

Na diffrwyth barlys, na chaethiwed gwynt.'

'Fel 'na ydw i,' meddai gyda gwên, 'methu cael fy ngwynt.'

Rhyfeddwn ati, yn gallu gwneud sbort arni'i hun, hyd yn oed mewn amodau anobeithiol. Cadwodd ni i fynd, gwrthododd hi ddigalonni, hyd y diwedd un.

Er iddi gael profiadau digalon iawn, gan golli ei brawd yn ferch ifanc, a cholli ei merch ei hun pan oedd yn 85 oed, ni suddodd.

Meddai wrthyf, 'Y peth pwysig ydi peidio â gwneud pobl o'ch cwmpas yn ddigalon.'

Peidio â gadael i dristwch eich llethu. Ond mae'n cymryd nerth aruthrol i wneud hynny, i gadw chwerwder draw. Dwi'n ei hedmygu yn aruthrol am hynny.

A dyna chi Mam. Fy mam arbennig i, achos mae pob un yn unigryw.

Camau bychain

REBECCA ROBERTS

Bob dydd Iau, am un o'r gloch, mae'r Cylch Rhigwm a Chân yn cyfarfod yn y llyfrgell. Mae'n ddeg munud wedi un pan mae Bethan yn rhedeg ar draws y maes parcio gwlyb a thrwy'r drysau. Mae ganddi ei merch, Evelyn, ar ei chlun. Mae'n gwenu ymddiheuriad ar Jules, y llyfrgellydd, am fod yn hwyr. Mae hi wastad yn hwyr i bethau. Coesau Evelyn yw'r broblem. Mae ganddyn nhw duedd i ddisgyn i ffwrdd yn y car.

Bob tro y bydd hi'n gosod Evelyn mewn troli siopa, bydd ei choesau prosthetig yn siŵr o ddisgyn i'r llawr. Unwaith, a hithau ar y siglen yn y parc, hedfanodd ei choes chwith drwy'r awyr a bu bron iddi daro bachgen bach oddi ar y si-so. Hyd yn oed pan mae Bethan yn rhoi teits amdani mae'r blydi pethau'n dal i ddatod. Dydyn nhw ddim yn disgyn, ond mae'r teits yn ymestyn ac ymestyn i'r llawr nes bod ganddi dorso bychan a choesau hir, pinc, fath â fflamingo.

Mae Lowri Jên, *prima donna* bump oed, yn cerdded o amgylch y cylch gan chwifio doli. Mae'r ddoli, pry pric plastig gyda gwallt amryliw, wedi colli'i choes. Mae Lowri Jên yn datgan yn uchel drosodd a throsodd bod 'doli druan yn *dishabled*'. Mae ei mam, Leisa Jên, yn gwenu arni. Gwên foddhaus fel petasai'r ffaith fod Lowri heb luchio'r tegan toredig yn arwydd bod ganddi oddefgarwch tuag at rai llai ffodus. Gan ei mam y clywodd hi am goesau Evie, siŵr o fod, meddylia Bethan. Mae hi wedi eu clywed nhw droeon yn sibrwd rhwng y caneuon: '*Yeah, poor little thing, she's got the same condition as that whatsisname, Oscar Pistorius. Really rare. Double amputee.*'

'Coesau ffals? Bechod!' Bechod. Druan ohoni. Anlwcus. Ofnadwy. Mae hi'n trio peidio â'u beirniadu nhw am eu geiriau. Mae'n deall eu bod nhw'n ceisio dangos cydymdeimlad. Ond yn fwy na hynny, roedd yna gyfnod, ddim yn rhy bell yn ôl, pryd y teimlai hi'r un fath â nhw. Clywodd hi eiriau'r doctor a chwalodd ei byd:

'Mae'n ddrwg gen i, Mr a Mrs Davies, ond mae'r sgan yn dangos bod yna esgyrn ar goll yn ei dwy goes; *bilateral fibular hemimelia*.' Anabl. Buasai'n fam i blentyn anabl. Roedd yna waeth i ddod: 'Mae'n edrych yn debygol iawn y bydd angen iddi gael tynnu ei choesau er mwyn iddi fedru cerdded.'

Cofiodd hi'r tro cyntaf iddi weld llun o blentyn a oedd wedi colli coes. Merch dair oed mewn gwisg bale pinc. Llun digon del, ond y cwbl fedrai Bethan ei wneud oedd syllu ar y goes brosthetig. Peth llwydfelyn, trwsgl, hyll. Daeth teimlad oer i'w pherfedd wrth iddi sylweddoli mai dyma fyddai ei merch yn gorfod ei gwisgo am weddill ei hoes.

Ar ôl hynny roedd ofn ganddi fynd ar gyfyl ysbyty. Roedd hyd yn oed apwyntiad i fesur ei phwysau gwaed yn ddigon i'w llenwi â gorbryder. Er bod pawb yn garedig tu hwnt, yr apwyntiadau yn ysbyty'r plant oedd y peth gwaethaf oll.

Paentiwyd murluniau o gymeriadau cartŵn ar waliau'r ystafell aros i gysuro cleifion ifainc; ond i Bethan roedd fel petasai'r wynebau ar y wal yn cilwenu yn lle gwenu'n gysurlon. Doedd yna ddim byd cysurlon am y lle y byddai ei merch yn dod i gael ei thorri.

Am weddill ei beichiogrwydd gwnaeth hi'r pethau mae darpar famau'n eu gwneud: tripiau siopa gyda'i mam i brynu ffrogiau bach pinc, cinio ffarwelio gyda'i chyd-weithwyr, paentio stafell wely'r babi mewn lliwiau pastel. Ond difethwyd ei mwynhad bob tro y meddyliai am yr hyn oedd o'u blaenau: llawdriniaeth, poen, glanhau'r anafiadau, ffitio'r coesau prosthetig, ffisiotherapi ...

Teimlai fel petasai wedi cael ei thwyllo. Teimlai'n ddig, er nad oedd yna neb iddi fod yn ddig gyda nhw. Dywedodd y doctor nad oedd unrhyw beth penodol wedi achosi cyflwr Evie; er hynny, teimlai Bethan ei bod hi wedi gwneud niwed i'w merch mewn rhyw ffordd. Ofn, blinder ac euogrwydd oedd ei chyfeillion mynwesol o'r eiliad yr agorai hi ei llygaid yn y bore. Ar brydiau, teimlai fel petasai'r teimladau yma am ei llethu'n llwyr.

Roedd pethau'n waeth, os rhywbeth, pan ddaeth Evie i'r byd. Teimlai gariad ffyrnig o angerddol tuag at y baban yn ei breichiau. Ei hofn gwaethaf oedd colli ei merch yn ystod y llawdriniaeth, a pharodd y syniad o'i gweld hi mewn poen i Bethan golli mwy nag un noson o gwsg. Petasai'n medru mynd o dan y gyllell a rhoi ei choesau ei hun i Evie, buasai wedi gwneud hynny mewn chwinciad. Ond doedd hynny ddim yn opsiwn. Teimlai mor ddiymadferth.

Ar y dechrau, cuddiodd ei dagrau trwy bicied i'r tŷ bach, crio dros y sinc a golchi ei hwyneb gyda dŵr oer.

'*Have a good cry, then go and swill your face.*' Dyna oedd mantra ei nain, dynes ddewr a oroesodd y Blitz ar Fanceinion. Collodd ei thad yn bedair oed, a'i mam yn bymtheg. Claddodd ei hail ferch cyn iddi ddathlu ei phen-blwydd cyntaf. Dynes dawel, gref ac urddasol oedd ei nain. Ceisiodd Bethan fod fel hi, ond doedd ganddi ddim yr un hunanreolaeth. Fe'i câi ei hun yn crio yng nghanol yr archfarchnad neu'r parc. Gorweddai'n effro am oriau yn y nos. O'r diwedd, sylweddolodd fod hyn dipyn yn fwy difrifol na 'nerfau'. Sylweddolodd fod y *baby blues* wedi troi'n iselder ôl-enedigaeth. Poenai na fuasai'n gallu ymdopi â straen y llawdriniaeth wrth iddi deimlo fel yr oedd hi.

Aeth i weld ei mam, a chafodd ei hatgoffa o'r cyngor a roddwyd iddi ar noson genedigaeth Evie: 'Mae hwn yn mynd i frifo, wsti. Ond tria dy orau i fwynhau'r profiad.'

Mwynhau? Mwynhau gwthio person arall allan o dy gorff?

'Ie, mwynhau. Da neu ddrwg, mi wnei di gofio heno am weddill dy fywyd. Gwna'r gorau o'r sefyllfa, fel y gelli di fod yn falch o dy atgofion. Agwedd bositif, Bethan, agwedd bositif.'

Dynes gref arall oedd ei mam. Chafodd hi erioed ei siomi na'i syfrdanu. Roedd ganddi feddylfryd ymarferol ac agwedd gadarnhaol tu hwnt; nodweddion angenrheidiol yn ei gwaith fel trefnwr angladdau. Gan ddilyn esiampl ei mam, tyngodd lw y byddai'n cael gwared â'r hen fwystfil a lanwodd ei meddwl â darluniau erchyll. Doedd hi ddim eisiau cofio blwyddyn gyntaf Evie trwy dawch o ddagrau.

Dechreuodd hi ymweld â therapydd. Criodd drwy gydol y sesiynau cyntaf, ond dychwelodd adref gyda gwên ar ei hwyneb, wedi gwacáu ei hun a bwrw allan yr holl deimladau negyddol a fu'n ei phryfocio ers misoedd. Yna roedd hi'n barod i gychwyn ar ddatblygu strategaethau ymdopi. Pan fyddai'r blinder yn cydio ynddi, byddai'n eistedd yn ei char ac yn gwrando ar fiwsig roc trwm, gan foddi ei blinder ei hun yn nherfysg y gerddoriaeth. Rhoddodd y gorau i sôn am 'dynnu coesau'. Roedd yn well ganddi ddweud 'y llawdriniaeth a wneith helpu Evie i gerdded'. Hirwyntog, efallai, ond cadwodd ben y daith mewn golwg. Gwnaeth gast plastr o draed bach Evie a phaentiodd nhw'n aur. Roedd yna rywbeth defodol am y broses o gofféu'r traed bychain a wnaeth iddi deimlo'n well.

Dydi Bethan ddim yn hoff o gofio bore'r llawdriniaeth. Wrth iddi gerdded i'r stafell aros roedd ei thu mewn yn corddi a'i chalon yn curo fel aderyn yn ceisio dianc o'i gaets. Ond edrychodd ar ei merch, cymerodd anadl ddofn, a theimlodd ei chryfder newydd yn caledu fel haearn yn ei henaid. Arhosodd ei llygaid yn sych a llwyddodd i wenu ar Evie wrth iddi wylio ei thad yn ei chario trwy'r drws i gwrdd â'r anesthetydd. Am funud, a munud yn unig, gadawodd i'r dagrau lifo. Erbyn i'w gŵr ddod allan roedd hi'n dawel eto. Ni chaniataodd i'w dychymyg grwydro'n agos i'r theatr. Aethon nhw am dro ar hyd yr hen reilffordd a oedd yn rhedeg y tu ôl i'r ysbyty, a breuddwydiodd Bethan am y diwrnod y bydden nhw'n medru cerdded y llwybr law yn llaw ag Evie.

Saith awr wedyn ac roedd Evie ar ei heistedd, ei choesau wedi'u rhwymo'n drwchus, yn cnoi darn o dost. Y tro cyntaf i Bethan ei gweld hi heb ei choesau, ni theimlodd dristwch, ond rhyddhad. Nid plentyn anabl a welodd, nid plentyn gyda rhywbeth ar goll, ond plentyn gyda llygaid glas a oedd yn llyncu'r byd o'i chwmpas yn awchus. Gwenodd hi ar ei mam a'i thad, ar y doctoriaid a'r nyrsys a'r lanhawraig, a'r cleifion eraill a âi heibio. Edrychai fel petasai'n ymwybodol o arwyddocâd y llawdriniaeth. Rŵan roedd ganddi fonion syth a fuasai'n ffitio'n dwt i bâr o goesau prosthetig. A chyda'r coesau prosthetig yna byddai'n medru cerdded, ac mewn amser, rhedeg a neidio a dawnsio.

Arhoson nhw yn yr ysbyty am wythnos gyfan, fel lindys mewn cocŵn cynnes. Daeth y tri ohonyn nhw allan yn ysgafnach nag y buon nhw. Wrth iddyn nhw yrru adref, ac ymuno â'r brif ffordd, teimlai Bethan fel petasai'n medru hedfan. Trodd i wenu ar ei gŵr. 'Be am bach o fiwsig?' gofynnodd. Y gân gyntaf a ddaeth ar y radio oedd 'Footloose'. Roedd yn rhaid iddi chwerthin. Efallai fod y lyrics braidd yn anffodus, ond o leiaf roedd yn gân i godi'r galon.

Adref, cymerodd hi focs cardbord pinc. Llenwodd y bocs gyda'r holl olion traed ar bapur, a'r cast plastr a wnaeth hi o draed bach Evie. Sgwennodd lythyr at ei merch, yn egluro ei thriniaeth a'r rhesymau tu ôl iddi, ac yn sôn pa mor gyflym fuodd ei gwellhad. Yna caeodd y bocs gyda rhuban a'i osod yn nrôr ei gwely, nes bod Evie yn ddigon hen i'w dderbyn.

Wyth mis yn ôl roedd y llawdriniaeth. Aeth Bethan yn ôl i'r gwaith yn rhan-amser, yn anfodlon braidd i gychwyn, a dechreuodd Evie fynychu'r cylch meithrin lleol. Dechreuodd wisgo ei choesau prosthetig am gwpl o oriau i ddechrau, ac yn raddol bach cynyddwyd yr amser nes ei bod hi'n eu gwisgo nhw trwy'r dydd, bob dydd. Dywedodd staff y cylch meithrin nad oedd hi'n bell tu ôl i'w chyfoedion gyda'i cherdded, ac roedd y tîm a greodd ei choesau prosthetig wedi synnu at gyflymdra ei chynnydd. Doedd dim angen ffisiotherapi arni. Cododd ar ei thraed, cydiodd yn ochr y soffa ac i ffwrdd â hi i gyfeiriad y bocs teganau.

A'r tro cyntaf i Evie wisgo'i choesau tu allan i'r tŷ oedd i ymweld â sesiwn Rhigwm a Chân Nadoligaidd yn y llyfrgell.

Mae Jules a'r mamau eraill yno fel teulu erbyn hyn. Eistedda Bethan ar gadair fach blastig wrth ochr ei ffrind, Cath, yn barod i rannu'r clecs diweddaraf; ond mae Evie'n troi ac yn sbio arni. Mae Bethan yn chwerthin ac yn addo mynd am goffi gyda Cath ar ddiwedd y sesiwn. Yna mae hi'n ufuddhau ac yn eistedd ar y llawr gyda'i merch. Wrth iddi groesi ei choesau mae Evie'n taflu ei hun i'w glin am gwtsh. Mae hi'n hoffi cwtsio tra bo Mam yn canu. Does gan Mam ddim y llais mwyaf swynol yn y byd, ond does ganddi ddim ots am hynny. Mae hi'n teimlo'n arbennig pan mae Mam yn canu iddi.

Wrth iddi eistedd mae gwaelod ei throwsus yn codi, gan ddangos mymryn o'r coesau prosthetig. Mae ganddyn nhw wyneb garw braidd, dim byd tebyg i groen. Mae Lowri Jên yn gweld y coesau, yn oedi ac yn syllu'n graff arnyn nhw. Nid coesau iawn 'di'r rheini. Pam fod gan yr eneth fach yma goesau plastig fel ei doli hi?

Mae Bethan yn troi ati ac yn dweud, 'Hoffet ti weld coesau hud Evie? Mae hi'n eu gwisgo nhw fath â phâr o fŵts, ac maen nhw'n neud ei choesau hi'n gryf ac yn helpu iddi gerdded fel wyt ti!' Mae Lowri Jên yn nesáu, yn dal ychydig yn wyliadwrus, ac yn estyn llaw. Mae hi'n cyffwrdd y coesau solet fel petasai'n cyffwrdd mewn cath wyllt.

'Coesau cryf,' meddai hi, yn dal i fod ychydig yn ansicr. Yna mae Evie'n troi ei llygaid glas enfawr arni ac mae Lowri'n toddi ac yn dechrau mwytho ei choes dde. 'Coesau cryf da,' mae'n datgan. 'Coesau neis.' Mae hi'n eistedd wrth ochr Evie, ac yno mae hi'n aros am weddill y sesiwn.

Wrth iddyn nhw ganu 'Mynd drot drot' mae Evie'n dilyn y plant eraill o amgylch y cylch, ac mae Lowri'n ei dilyn hi, yn ei hebrwng fel iâr â'i chyw. Pan mae Jules yn canu 'Mi welais Jac-y-do', mae Lowri'n gweiddi nerth ei phen, 'Nid coesau pren, coesau hud!' Ac mae pawb yn gwenu.

Dyna un o freintiau bod yn rhiant i blentyn fel Evie; dangos nad oes angen ofni rhywbeth am ei fod yn wahanol. Mae'n syndod pa mor gyflym y gellir ailddiffinio beth yw 'normal'. Dydi Bethan ddim yn meddwl eilwaith am roi coesau Evie yn eu lle bob bore. Mae ei bonion bach crwn yn edrych yr un mor normal iddi hi â'i thraed ei hun. Does ganddi ddim mymryn o genfigen at rieni eraill, a dydi hi ddim am i neb deimlo piti drostyn nhw fel teulu achos bod gan Evie anabledd. Term, ac un go gamarweiniol, yw 'anabl'. Does gan Evie ddim traed ac mae gan ei choesau duedd i ddisgyn i ffwrdd, ond asu, mae hi'n abl! Cyfleuster bach yw cael plant gyda'u coesau'n sownd i'w cyrff.

Unwaith roedd y llawdriniaeth drosodd ac Evie wedi dod drwy'r cyfan yn ddiffwdan, diflannodd iselder Bethan. Wyth mis wedi'r llawdriniaeth mae hi'n dal i fwynhau'r rhyddhad a'r llawenydd sy'n deillio o ddod trwy gyfnod tywyll. Ymddengys yr heulwen gymaint yn fwy llachar am eu bod nhw wedi byw o dan gwmwl du cyhyd. Wrth wylio Evie'n cerdded draw at Jules am gwtsh mae gan ei mam ddagrau o falchder yn ei llygaid. Mae'n anodd i rieni eraill ddeall pa mor hapus mae'r pethau bychain, fel gwylio'r daith fer dros y carped, yn ei gwneud hi. Mae hi wedi gwirioni ar wylio Evie yn cerdded. Mae taith i'r parc, sbio ar flodau'r ardd, hyd yn oed dringo'r grisiau, yn eiliadau i'w trysori. Mae hi'n teimlo'n ffodus, yn hynod ffodus, i gael cerdded law yn llaw ag Evie o'r diwedd.

'Paid, Evie,' meddai Bethan yn sydyn, wrth i'w merch rwygo'r ddoli '*dishabled*' allan o ddwylo ei ffrind newydd. Mae hi'n tynnu'r tegan o law Evie gyda chryn drafferth ac yn ei roi'n ôl yn nwylo Lowri. Ymateb Evie yw pwdu a rhedeg yn ôl i freichiau Jules. Law yn llaw â'r natur benderfynol a'i hysgogodd i ddysgu sut i ddringo ar ei thraed a cherdded, y mae ei hoffter o gael ei ffordd ei hun trwy'r amser. Mae Bethan yn caru ei merch yn fwy na'i bywyd ei hun, ond ar ôl hanner degawd fel athrawes mae hi'n gwybod beth sy'n digwydd i blant sy'n cael eu sbwylio'n rhacs. Mae hi'n benderfynol na wnaiff neb ddweud 'gwyn y gwêl y frân ei chyw' amdani hi.

'*Though she be but little, she is fierce*,' meddai Jules, wrth iddi drosglwyddo Evie i freichiau ei mam. Dyfyniad mwy priodol o lawer, meddylia Bethan. Mae Evie wedi brwydro o'r cychwyn cyntaf. Dywedodd un o'i doctoriaid nad oedd y rhan fwyaf o blant gyda'i chyflwr hi yn cael eu geni'n fyw; bod corff y fam yn synhwyro bod rhywbeth o'i le ac yn gadael iddyn nhw fynd. Ond rhywsut arhosodd Evie gyda nhw a thyfodd i fod yn ferch fach bitw, ond un ystyfnig o annibynnol, penderfynol a chwilfrydig. Gobaith Bethan yw y bydd ehofndra a hyder ei merch yn aros gyda hi ar hyd ei oes.

Though she be but little, she is fierce. Mae'r un peth yn wir am Bethan hefyd. Genedigaeth Evie a daniodd y goelcerth y tu mewn iddi. Cyn genedigaeth Evie ofnai a phryderai am bopeth, achos doedd hi ddim yn ymwybodol o'i gallu ei hun. Yna daeth yn fam, a darganfu gryfder cynhenid oddi mewn iddi a roddodd iddi'r nerth i newid; i orchfygu iselder ac ofn, ac i weld yr amherffaith a'r anghyflawn yn berffaith ac yn brydferth.

Os bydd Evie'n ymdebygu i'w mam, mae yna siawns dda y bydd hi'n ymdopi'n iawn â'r hyn sydd o'i blaen. Mae Bethan yn gwybod y bydd yna gwestiynau anodd eu hateb wrth iddi ddod yn fwy ymwybodol o'r ffaith ei bod hi'n wahanol i blant eraill. Bydd yna ddagrau, pobl ddifeddwl ac ambell alwad ffôn i'r ysgol ynglŷn â geiriau cas ar y buarth. Ond dydi'r rhain ddim yn pryderu Bethan yn ormodol, am ei bod hi'n gwybod ei bod hi'n gryf. Ei huchelgais, ei nod mewn bywyd, yw sicrhau bod Evie'n gwybod ei bod hithau'n gryf hefyd.

Dwi isio Mam!

BETHAN LLOYD

Ar ôl y cyffro (a'r sioc!) o ddarganfod 'mod i'n feichiog gyda fy ail blentyn, yr her fawr nesaf oedd ceisio egluro wrth fy merch y byddai ganddi chwaer neu frawd bach yn ymuno â hi. Es i ati i ddarllen llwythi o lyfrau a gwrando ar gyngor teulu a ffrindiau ynglŷn â'r ffordd orau o gyflwyno'r syniad i fy merch.

Y prif beth, yn ôl y cyngor ges i, oedd gwneud i'ch plentyn deimlo fel petai'n rhan o'r broses. Nid peth hawdd pan mae'ch plentyn yn flwydd a hanner oed, wedi arfer cael sylw llawn ei rhieni, ac â mwy o ddiddordeb mewn llyfr *Sali Mali* na'r stori am y babi bach sy'n tyfu yn stumog Mam.

Yr ail beth, yn ôl y llyfrau am fagu plant, oedd pwysleisio na fyddai'r babi bach yn golygu bod Ela'n cael llai o sylw gan ei rhieni (hmmm), ac y byddai Mam yn dal i allu darllen stori iddi bob nos cyn mynd i gysgu a chwarae gyda hi yn ystod y dydd (ia, siŵr iawn, os ydy Mam yn un o'r canlynol: a) Superwoman, b) yn cyflogi nani, c) byth eisiau cysgu eto).

Ydy hi'n iawn deud celwydd noeth wrth eich plentyn pan maen nhw'r oed yma? Achos y gwirionedd ydy, unwaith mae'r babi bach newydd yn cyrraedd, mi fydd hi'n draed moch a does dim gobaith y gallwch chi roi'r un faint o sylw i'ch plentyn ag roedd yn ei gael o'r blaen. Doedd hi ddim yn help chwaith ein bod ni'n symud tŷ wythnos ar ôl i'r babi gyrraedd, jyst i ychwanegu at yr anhrefn. Dwi'n beio hormonau am y penderfyniad hollol wallgof yma, a'r cwbl ddweda i am y bennod yma yn fy mywyd ydy – byth eto!

I'r rheiny ohonoch chi sydd yn yr un sefyllfa, dyma'r cyngor na chewch chi mohono mewn unrhyw lyfrau am fagu plant: chewch chi ddim amser i ddarllen stori i'ch plentyn gyda'r nos achos mi fyddwch chi'n rhy brysur yn bwydo'r babi, newid ei glwt, trio ei gael i gysgu, neu drio ei gael i stopio crio fel bod eich plentyn arall yn cael llonydd i gysgu. A chewch chi fawr o gyfle i chwarae efo'ch plentyn yn ystod y dydd, achos mi fyddwch chi'n rhy brysur yn gwneud yr holl bethau uchod yn ogystal â gwneud paneidiau o de i deulu a ffrindiau sy'n galw draw i weld y babi newydd, a'r fydwraig sydd eisiau 'tsiecio eich bod yn ymdopi' a heb golli'r plot yn llwyr a thrio gwerthu'ch plant ar eBay.

A does dim pwynt meddwl y bydd pethau'n newid wrth iddyn nhw fynd yn hŷn achos, os rhywbeth, gwaethygu fydd hi. Mi fyddwch chi'n treulio gweddill eich oes yn trio cadw'r ddysgl yn wastad – rhoi'r un faint o sylw i bob un fel nad ydy un o'r plant yn teimlo ei fod yn cael ei anwybyddu a bod y llall yn cael mwy o sylw (fe wnaeth Mam ddweud hyn wrtha i hefyd ond 'nes i benderfynu peidio â chymryd sylw. Hmmm).

Serch hynny, mi 'nes i drio gydag Ela, gan esbonio wrthi fod ei chwaer fach yn tyfu bob dydd ac y byddai'n cyrraedd yn fuan. 'Nes i ddweud wrthi y byddai'n braf iddi gael rhywun arall i chwarae efo hi, ac y gallai fy helpu gyda'r babi. 'Nes i hyd yn oed brynu doli iddi – un o'r rheiny sy'n crio ac y gallwch chi eu gwisgo a newid eu clwt. Ei stwffio'n ôl i mewn i'r bocs wnaeth Ela a mynd 'nôl at ei jig-so.

Ei hymateb bob tro oedd: 'Ela ddim isio babi arall.'

Mi fyddai pethau'n wahanol unwaith i'r babi gyrraedd, meddyliais ar y pryd.

Ond er gwaetha fy ymdrechion, roedd ymateb Ela pan ddois i â'i chwaer fach, Haf, adre o'r ysbyty ar bnawn hyfryd ym mis Mehefin braidd yn annisgwyl. Mi edrychodd hi'n syn ar Haf cyn dweud: 'Cer â hi'n ôl rŵan. Dwi isio Mam.' Yn union fel pe bawn i wedi prynu tegan nad oedd hi'n ei hoffi a hithau am i mi fynd ag o'n ôl i'r siop. Gyda hynny, mi ddechreuodd hi wthio Haf allan o fy mreichiau. Yn wahanol i'w rhieni, nid oedd Ela'n dotio ar y babi newydd.

Mi fyddwn i'n hoffi gallu dweud fan hyn bod Ela, ar ôl ychydig ddyddiau, wedi newid ei hagwedd ac wrth ei bodd yn fy helpu i newid clwt Haf, ei bwydo, rhoi bath iddi, a'r holl bethau eraill yna mae rhywun yn breuddwydio amdanyn nhw mewn rhyw fyd ffantasi lle mae babis yn cysgu drwy'r nos, byth yn crio, a byth yn chwydu.

Ond doedd Ela ddim yn hapus o gwbl yn gorfod rhannu Mam gyda babi bach swnllyd, ac un o'i hoff gemau oedd trio gwneud i Haf grio cyn dod ata i i ddweud: 'Babi'n crio,' gyda gwên fawr ar ei hwyneb. Ac roedd hi'n dda iawn am wneud hyn. Doedd dim pwynt trio esbonio wrth Ela mai'r cwbl roedd hyn yn ei gyflawni oedd tynnu rhagor o sylw oddi wrthi hi a rhoi mwy o sylw i'r babi – roedd hi'n rhy ifanc i ddeall hynny.

Pan dwi'n edrych yn ôl ar luniau o'r ddwy ohonyn nhw gyda'i gilydd pan oedden nhw'n fach iawn, mae gan Ela ryw wên fach ddireidus ar ei hwyneb bob tro ac mae Haf, druan, yn edrych fel petai hi wedi dychryn neu ar fin crio.

Yn ôl Mam dydy hyn ddim yn anarferol. Roedd fy chwaer hŷn, mae'n debyg, wrth ei bodd yn 'arteithio' fy mrawd. Pan oedd Mam yn gadael yr ystafell, fe fyddai fy chwaer yn dal y llyfr mwyaf y gallai hi ei gario o'r silff lyfrau ac yn taro fy mrawd ar ei ben nes ei fod yn sgrechian. Mae'n esbonio lot am fy mrawd.

Rhaid cyfaddef ein bod ni'n tri yn dal i gecru ymhlith ein gilydd, ac mae Mam, druan, yn gorfod cymodi rhyngon ni ar adegau. Ond dwi'n teimlo'n ffodus iawn 'mod i wedi bod yn un o dri o blant. Roedd fy mam yn unig blentyn a phan oedd fy mrawd a'm chwaer a fi yn ffraeo fel ci a chath(od), fe fyddai hi'n dweud wrthon ni y dylen ni werthfawrogi'n gilydd a bod yn falch bod gynnon ni rywun i chwarae (a checru) efo nhw. Oherwydd un o hoff straeon Mam – ciw fiolín – oedd honno amdani, pan oedd hi tua wyth oed, yn mynd at ei mam gyda bag yn llawn o'r arian poced roedd hi wedi bod yn ei gynilo ers wythnosau, a gofyn iddi: ''Newch chi fynd i'r siopau, plis, i brynu brawd neu chwaer fach i fi?'

Druan o Nain, doedd hi ddim yn gwybod beth i'w wneud ond mi aeth i nôl ei bag a'i chôt a chymryd arni ei bod yn mynd i'r siopau. Daeth yn ôl yn fuan a dweud wrth fy mam bod y 'siopau i gyd wedi cau, ond 'na i drio eto fory'. Yn anffodus i Mam, fe fethodd siopau Blaenau Ffestiniog â darparu brawd neu chwaer fach iddi.

Ond a fuaswn i wedi hoffi bod yn unig blentyn? Dwi'n cofio meddwl sawl gwaith pan oeddwn i'n blentyn y byddwn i wedi hoffi hynny. Yn un peth, fyddwn i ddim wedi gorfod gwisgo hen ddillad fy chwaer, nac eistedd yn y canol yn sedd gefn y car, y lle mwyaf anghyfforddus, na rhannu gwely gyda fy chwaer pan oedden ni'n mynd ar ein gwyliau am fod popeth wedi'i gynllunio ar gyfer teulu bach perffaith o bedwar, nid pump. Ac yn goron ar hyn i gyd, mi fyddwn i wedi cael y sylw i gyd gan fy rhieni.

Ond profiad gwahanol iawn fyddai fy mhlentyndod wedi bod, a fyddwn i ddim yn newid yr atgofion sydd gen i am y byd.

Mae'n dda gen i ddweud bod Ela a Haf erbyn hyn mor agos ag y gallai dwy chwaer fod – a hynny er eu bod nhw'n gymeriadau hollol wahanol: un yn hyderus, y llall yn swil; un yn siaradus, y llall yn dawel. Serch hynny, maen nhw'n edrych yn debyg iawn i'w gilydd – ond dwi ddim yn cael dweud hynny wrthyn nhw.

Pan ofynnais i Ela ddisgrifio'r gwahaniaeth rhyngddyn nhw, mi atebodd: 'Dwi bob amser yn iawn, ac mae Haf bob amser yn anghywir.' A phan ofynnais i'r un cwestiwn i Haf mi ddywedodd: 'Dwi'n neis, ac mae hi'n boen.' Ydyn, maen nhw'n ffraeo, yn aml, ond dwi'n gwybod na fyddai'r un o'r ddwy eisiau bod heb y llall. Er, fydden nhw byth yn cyfaddef hynny, wrth gwrs.

Mi fyddwn i'n hoffi meddwl mai rhyw berthynas felly oedd gan Kyffin a'i frawd bach. Rhaid esbonio fan hyn mai cath oedd Kyffin ac, mewn ffordd, fo oedd fy 'mhlentyn' cyntaf.

Dwi'n siŵr ein bod ni fel nifer o gyplau eraill – ar ôl setlo, prynu tŷ, ac yna ystyried cael plant – wrth benderfynu, cyn cymryd y cam enfawr yna, cadw anifail anwes i wneud yn siŵr ein bod ni'n gallu gofalu am rywbeth arall heblaw ni'n hunain. Ond ar ôl tua chwe mis 'nes i benderfynu bod Kyffin yn unig. Doedd dim sail i'r penderfyniad yma o gwbl, ond 'nes i feddwl y byddai'n braf i Kyffin gael brawd bach fel na fyddai'n teimlo'n unig yn y tŷ ar ei ben ei hun. Ro'n i wedi fy argyhoeddi fy hun yn llwyr mai dyma oedd y peth gorau i'w wneud, ac y byddai wrth ei fodd yn cael ffrind i gadw cwmni iddo pan oedd fy ngŵr a finnau'n gweithio oriau hir.

Doedd ond rhaid edrych ar lygaid Kyffin pan welodd o ei frawd bach yn dod adre am y tro cyntaf i wybod nad oedd o'n hapus. Roedd o mor anhapus, fel mae'n digwydd, wnaeth o ddim maddau i fi am fisoedd wedi hynny, gan wrthod cael mwythau gen i na dod i eistedd yn fy nghôl. Fy ngŵr oedd ei ffrind gorau o hyn ymlaen – o leiaf doedd o ddim wedi ei 'fradychu'.

Serch hynny, daeth Kyffin a'i frawd, Pi, yn ffrindiau mawr (peidiwch â gofyn i fi esbonio'r enw – rhyw gyfeiriad at rywbeth mathemategol – dyna be sy'n digwydd pan 'dach chi'n gofyn i ddyn ddewis enw ar gyfer cath!). Wel, o leia dwi'n hoffi meddwl eu bod nhw wedi mwynhau cwmni ei gilydd. *Partners in crime*, fel petai.

Roedd y troseddau yma'n cynnwys dwyn brechdan facwn y dyn drws nesa – dwi'n gwybod hyn am fy mod i'n eistedd yn yr ardd gefn ar y pryd yn mwynhau paned a darllen llyfr pan glywais i'r dyn yn gweiddi: 'Pwy sy wedi dwyn y blydi bacwn?' cyn i'r ddwy gath ei heglu hi dros y ffens ac i mewn i'r gegin, lle buon nhw'n rhannu'r bacwn gyda'i gilydd.

Dro arall, mi ddaethon nhw adre gyda pharot, oedd wedi marw, wrth gwrs. Doedd y ddau ohonyn nhw erioed wedi dal dim byd mwy na phry, felly dwi'n amau mai marw o sioc wnaeth yr aderyn druan ac nid oherwydd unrhyw sgìl neu gyfrwyster ar ran y cathod. Roedd o fel y sgets *Monty Python* gyda Kyffin yn trio egluro wrth ei frawd bach, a oedd yn methu deall pam fod y parot ddim eisiau chwarae: '*The parrot is deceased; the parrot is no more ...*'

A thro arall, roedd y ddau wedi bod yn busnesa yng ngardd y tŷ gyferbyn ac wedi syrthio i fwced o lud PVA. Yr unig ffordd o'i gael i ffwrdd oedd eu rhoi yn y bath – ac mi allwch chi ddychmygu gymaint o hwyl oedd hynny ...

Teg yw dweud eu bod nhw wedi goddef ei gilydd am flynyddoedd – er, dwi'n credu nad oedd Kyffin erioed wedi maddau i fi'n llwyr. Ond mae'n amlwg nad ydw i wedi dysgu fy ngwers. Oherwydd daeth y plant a fi i'r casgliad yn ddiweddar bod Harri'r ci yn unig a'i fod angen ffrind i gadw cwmni iddo, er nad ydy Harri'n gymdeithasol iawn yng nghwmni cŵn eraill – a bod yn onest, mae'n ymylu ar fod yn *sociopath*. A sylwch nad ydw i wedi cynnwys fy ngŵr yn y penderfyniad yma, oherwydd ei farn o oedd bod Harri 'yn hollol hapus fel mae o'.

Ond fel ddywedais i, dydw i ddim wedi dysgu o brofiadau'r gorffennol ac felly dyma gyflwyno Ted, y shiwawa, brawd bach (gyda'r pwyslais ar y 'bach') i Harri, y daeargi. Rhyw ymateb tebyg i'r un ges i gan Ela a Kyffin a gefais gan Harri y tro yma hefyd. I ddechrau, doedd Harri ddim yn rhy siŵr beth oedd Ted. Cwningen? Math o fochdew? Rhywbeth i'w fwyta rhwng brecwast a chinio? Dim ond pan ddechreuodd Ted gyfarth y gwnaeth Harri ddeall mai ci arall oedd o – a'i fod yn cael dipyn mwy o ffỳs na fo.

Efallai nad ydyn nhw'n wên o glust i glust pan maen nhw yng nghwmni ei gilydd ond maen nhw'n sicr yn codi gwên pan maen nhw'n cerdded ar y traeth, ochr yn ochr, bach a mawr. *The Odd Couple* go iawn!

Mam *dda*

MANON STEFFAN ROS

Er mawr syndod i bawb, roedd Awen yn fam dda. Ychydig iawn oedd wedi cyfaddef eu hamheuon pan ddaeth y newyddion ei bod hi'n feichiog, wrth gwrs – mae'n hawdd dweud celwydd pan fo arbed teimladau yn esgus mor hawdd. Doedd ei mam, fodd bynnag, ddim mor glên.

'O, Awen,' meddai, a sŵn ei llais yn llawn anadl, fel ochenaid olaf. Roedd yr atgof yna'n llawn lliw i Awen, yn llawer mwy eglur na'r siopa am ddillad babi neu ddewis pram, neu hyd yn oed enedigaeth Iori. Gallai gofio Mam, yn dal yn ei dillad gwaith, ei gwallt yn dechrau dianc o'r belen ar gefn ei phen. Y *Simpsons* ymlaen yn y cefndir, ac arogl pitsa yn cynhesu'r tŷ i gyd. Diwrnod glawog oedd hi, a doedd Awen ddim wedi sychu'n iawn ers iddi fod allan y bore hwnnw. Teimlai ei chrys-t llaith yn sticio at ei chefn fel rhywbeth anghenus.

'Sori.'

'Dw't ti jest ddim y teip,' meddai ei mam wedyn, a bu Awen yn pendroni dros hynny am yn hir – be oedd hi'n ei olygu? Ddim y teip i feichiogi yn ddeunaw oed, neu ddim y teip i fod yn fam? Doedd Awen ddim yn ddigon dewr i holi, am nad oedd ganddi le i ddadlau. Fuodd hi 'rioed yn un o'r merched oedd yn gwirioni ar fabis bach, yn chwennych creu teulu bach dedwydd ar ei haelwyd ei hun. Wyddai hi ddim sut i ddal babi bach, na newid clwt.

Cronnodd yr ofn drwy'r beichiogrwydd, y belen o bryder yn chwyddo ar yr un pryd â'i bol. Doedd prynu'r siwtiau cysgu bach, bach yn cynhyrfu dim arni; doedd ganddi ddim arlliw o ysfa i gael llenwi'r dillad gyda chnawd pinc, cynnes, arogl llaeth. Roedd hi'n gweld eisiau sbort ei bywyd cynt – yfed cwrw a smocio gwair, a bodoli'n hunanol, yn cael bod yn hi ei hun heb ddim ar y gorwel i'w ofni. Ac os cynhesodd agwedd ei mam tuag at y syniad o gael babi newydd yn y teulu, doedd dim arwydd ei bod hi'n teimlo'n well am Awen ei hun. Byddai'n siŵr o fethu.

Ond pan ddaeth Iori, roedd y cyfan y mymryn lleiaf yn haws nag yr oedd Awen wedi'i ddisgwyl – yr enedigaeth, y bwydo, y cariad. Doedd o ddim yn llif sydyn o emosiwn, ddim fel y stid yn yr wyneb roedd rhai mamau yn sôn amdano – charodd Awen erioed mo unrhyw un fel yna. Doedd o ddim mor gymhleth â hynny. Yn syml iawn, roedd Iori yna, ac roedd Awen yn ei garu o, ac roedd popeth yn iawn.

'Well ti fynd â hein,' meddai Awen, gan ollwng llond dyrnaid o gyllyll a ffyrc yn y bocs ar wely ei mab. 'Mae o'r teip o beth ma pobol yn anghofio'i brynu.' Roedd hi wedi clymu'r bwndel gyda'i gilydd gyda hen fobl gwallt porffor llachar, oedd yn adlewyrchu'n fwll yn yr haearn.

Edrychodd Iori i fyny. 'Diolch.'

"Sgin ti sosban? Platia a bowlenni a ballu?'

'Oes, ma gin i bob dim.'

Ond doedd bob dim ddim yn edrych fel rhyw lawer. Wyth bocs, a'r rhan fwyaf o'r rheiny yn llawn treinyrs; dau facpac, a dillad gwely. Fyddai Iori ddim yn gadael gwagle amlwg ar silffoedd y cartref wedi iddo symud o 'na. Dim ond diffyg ei siâp ei hun, ei 'sgwyddau sgwâr yn y drws, ei lestri budron yn y sinc.

"Sa'm raid i chdi fynd â phob dim, cofia. Gei di nôl petha letyr on.'

'Ia, dwi'm am fynd â'r Xbox na'r gêms 'ŵan. Ddo i nôl nhw wedyn.'

'Iawn.'

Pan oedd o'n hogyn bach, roedd Iori wastad wedi dweud ei fod am fod yn filwr (*fatha Dad*, medda fo, ac Awen yn gwenu wrth lyncu'r chwerwder yn ôl, yn mygu'r *Paid ti â meiddio bod fatha fo* a oedd yn bygwth saethu o'i thafod). Roedd o wedi ymuno â'r cadéts, wedi dechrau sgwario, wedi bod mor hyderus y byddai popeth fel y dylai fod, y byddai'n tyfu i fod yn arwr fel roedd ei fam wastad wedi addo. Ond wedyn, daeth Cian o'r stryd nesa adra o Irac, wedi mynd o fod yn gawr sgwâr, balch i fod yn ddyn yn ei blyg, yn cyrlio fel petai'n trio gwneud ei hun mor fach â phosib. Pan oedd Iori wedi gofyn iddo be fyddai'n ei wneud nesaf ar ôl gadael y fyddin, ateb Cian oedd, 'Nesa? Asu, dwn i'm. Dwi 'tha bo' fi 'di darfod, rwsud.'

Soniodd Iori ddim gair am y fyddin ar ôl hynny.

"Sgin ti decall?' gofynnodd Awen, wrth wylio ystafell ei mab yn araf foeli.

'Nag oes. Dwi'm yn yfad diod poeth, na'dw.'

'Ond be nei di pan ma gin ti fisityrs?'

'Cynnig potal o Bud iddyn nhw.'

Ochneidiodd Awen, yn cydnabod y mymryn lleiaf o ddiffyg aeddfedrwydd oedd ar ôl yn Iori. Rhyw gêm od oedd hyn, sgyrsiau bach oedd ddim ond yn digwydd rhwng mam a mab – gwyddai'r ddau y byddai Iori'n cael gafael ar degell o rywle, yn cadw te a choffi a llaeth, efallai becyn o fisgedi, ar gyfer ymwelwyr. Fel yna roedd o, er cymaint roedd o wedi ceisio gwadu ei ddoethineb greddfol ei hun drwy flynyddoedd ei lencyndod. Weithiau, roedd Awen yn meddwl mai adlewyrchiad o'i diffygion ei hun oedd hyn, fod Iori'n gwybod, rhywsut, pan aned o, y byddai'n rhaid iddo ddatblygu synnwyr cyffredin yn reit sydyn gan fod ei fam yn brin ohono.

Ond weithiau, ar y dyddiau pan fyddai'n glên efo hi ei hun, byddai'n edrych ar Iori ac yn meddwl, *Fi wnaeth hwnna.*

'Gesh i lond bag o stwff i chdi o Lidl gynna, jest i ddechra chdi off,' meddai Awen. 'Bara, caws, llaeth a ballu. Jam. O leia fy' gin ti ddigon i neud bechdan wedyn.'

Stopiodd Iori, edrych i fyny o'r pentwr o DVDs roedd o yng nghanol eu sortio, a gwenu o glust i glust. Dyna pryd y meddyliodd Awen, *shit, mae o'n mynd go iawn*, a hynny achos bod rhywbeth yn y wên yna oedd wedi ei hatgoffa o weld ei mab yn troi o fod yn fabi anghenus, diymadferth, i fod yn hogyn annibynnol, hapus. Yr un wên oedd ganddo pan gafodd o Playstation 2 ail-law gan Siôn Corn pan oedd o'n saith, pan oedd o wedi pasio ei DGAU Maths yn erbyn pob disgwyliad, pan wenodd o am y tro cyntaf un yn oriau pydew rhyw noson oer pan oedd o'n dal yn fach, fach. A dyna fo rŵan, yn bygwth mynd â'r wên yna i ffwrdd, i ryw dŷ arall, aelwyd arall, a llenwi ei ddyddiau gyda gwenau na welai Awen byth mohonyn nhw.

'Ti ddim siriysli'n meddwl bo' fi'n mynd i fyw ar fechdana, wyt?'

Gwenodd Awen wedyn, ond gwên i'w chysuro'i hun oedd hi yn fwy na dim. Wrth gwrs na fyddai o'n byw ar frechdanau: roedd o'n gogydd rŵan mewn rhyw fwyty la-di-da ym Mhorthaethwy, lle'r oedd pobol gyfoethog ac ymwelwyr yn talu gormod o bres am ddim llawer o fwyd. Typical Iori – unwaith iddo benderfynu ei fod o am baratoi bwyd fel bywoliaeth, fe aeth amdani gydag egni a difrifoldeb. Byddai'n gwneud nodiadau mewn ysgrifen fach, daclus wrth wylio *Masterchef*, yn defnyddio'i sgiliau newydd i wneud prydau arbennig i'w fêts ar eu penblwyddi yng nghegin ei fam. Roedd o'n dod â bwyd draw o'r bwyty weithiau hefyd, mewn powlenni bach gwyn, a byddai Awen yn eu cynhesu yn y meicrodon ac yn eu bwyta o flaen *Pobol y Cwm* neu *Emmerdale* – *boeuf bourguignon*, tatws *dauphinoise* neu *coq au vin*. Roedd hi'n methu deall o le ddaeth y ddawn na'r diddordeb mewn bwyd, ar ôl plentyndod o basta mewn saws tomato a phitsa o'r siop. Ond wedyn, efallai fod ei dad o'n gogydd o fri bellach. Dim ond ugain oedd o pan welodd Awen o'r tro diwethaf, wedi'r cyfan. Pwy a ŵyr pwy oedd o bellach?

'Fydda i'n ocê, Mam,' meddai Iori, a chau sip ei fag gyda hen sŵn hyll, terfynol.

Roedd y fflat yn foel, yn wyn i gyd – lloriau gwyn, waliau gwyn – ac yn ddigon uchel i'r ffenestri ddangos dim ond gwyn pỳg yr awyr, a llinell ddanheddog y bryniau ar y gorwel.

'Dwi angen prynu petha i'w rhoi ar y walia,' meddai Iori, yn dadbacio llyfrau coginio i silff wen yn y gornel. 'Lluniau a ballu.'

Roedd y gegin yn rhan o'r ystafell fyw, a digon o gypyrddau i gadw'i gynhwysion a'i gyllyll a'i sosbenni. Doedd dim bath yn yr ystafell ymolchi, ond roedd yn well gan Iori gawod, beth bynnag, ac roedd ffenest fawr yn ei lofft oedd yn wynebu'r machlud.

Syllodd Awen ar y cwrlid ar y gwely am ychydig. Y cwrlid *Dr Who* roedd hi wedi'i brynu iddo mewn sêl ryw dro. Yr unig arlliw o'r hogyn bach a fu Iori, unwaith. Roedd y glas wedi pylu'n lliw awyr yr haf.

'Ma'n braf yma,' atebodd Awen, gan droedio'n ôl i'r ystafell fyw. 'Perffaith i chdi.'

Eisteddodd y ddau wedyn, yn syllu drwy'r ffenestri, ar y byd mawr yn ymestyn fel dyfodol o'u blaenau. Roedd y nos yn dechrau sleifio i'r goleuni rhwng y tai, ymhlith y coed, ar y palmentydd.

'Gwell i mi fynd,' meddai Awen. Meddyliodd am yr holl bethau y dylai fod yn eu dweud – *Dwi'n falch ohona chdi; dwi'n caru chdi; plis edrych ar ôl dy hun; cofia ddod adra pryd bynnag ti isio. Paid byth â bod yn unig.*

Gwyddai Awen y byddai llawer o famau'n dweud yr union eiriau yna, yn eu hailadrodd dro ar ôl tro. Ond fedrai Awen ddim dweud y geiriau. Nid perthynas fel 'na oedd ganddi hi a Iori. Ni fu geiriau erioed yn rhan o'r hyn oedd yn arbennig rhyngddyn nhw – yn hytrach, ambell wên, ambell edrychiad, y gwerthfawrogiad tawel ar ôl derbyn paned yn y gwely neu fîns ar dost ar ôl shifft nos.

Cyn iddi fynd, cusanodd Awen ochr ei ben, yn ei wallt tywyll, trwchus. Efallai y dylai fod wedi'i gofleidio hefyd, ond roedd cofio plannu sws yn ei wallt du pan oedd o'n olau, yn frau, gwallt bachgen bach, yn bygwth dod â dagrau.

'Cym ofal,' meddai, a'i llais yn isel.

'A chditha.'

Yn ôl yn ei chegin lân, wag, llenwodd Awen ei thegell gyda dŵr, a safodd yn aros iddo ferwi. Llifai golau'r stryd i mewn, a'i golchi hi'n oren.

Doedd pethau heb fod yn hawdd. Y colic pan oedd Iori'n fabi. Yr hogyn 'na fuodd yn ei fwlio fo drwy'r ysgol uwchradd. Y boreau cynnar, a'r athrawon oedd yn gweld canlyniadau ar bapur yn hytrach nag unigolyn bendigedig. Y seidr yn y parc pan oedd o'n bedair ar ddeg, y cylchgronau doji dan ei fatres, y cariadon prydferth, di-ddweud. Ond doedd dim o hynny'n anodd o'i gymharu â hyn. Y gollwng gafael. Y ffarwelio heb erfyn arno i aros.

Gwyddai Awen y byddai Iori yn ei fflat ei hun yn gwneud swper call iddo fo'i hun. Yn yfed cwpl o ganiau, ond dim gormod. Yn mynd i'w wely'n hwyr, ac yn cysgu'n drwm heb hiraethu am ei fam, heb boeni amdani. Gwyddai Awen y byddai Iori'n iawn, ac yn nhawelwch newydd ei chartref gwag, gwyddai ei bod hi, felly, yn fam dda.

Helfa drysor

FFLUR MEDI OWEN

Pymtheg mlynadd yn ddiweddarach a dwi'n dal i'w ffendio
nhw. Dy drysora bach di. Pwrs bach coch (tro 'ma), pilipalas
melyn yn downsio a bloda glas yn gwenu. A'r dywysoges yn
y canol, 'de? Reit yn y canol. Ei gwallt du yn sgleinio, y ffrog
aur yn chwyrlïo wrth iddi ddandwn hefo'r anifeiliaid bach.

Fydda i'n meddwl weithia – tasa chdi'n dal yma – yn lle
fysa dy drysora bach di rŵan, dybad? Wedi hen fynd i siop
elusen, i lifo drwy lu o ddwylo bychain eraill, ma'n siŵr ...
Ond na. Yma ma'r dywysoges o hyd.

Dwi wrth fy modd yn 'u ffendio nhw, cofia! Ffair Borth,
d'wa? Cael fy nhynnu at bob stondin gen ti i ffendio dy
drysor – yr union drysor. Dy frawd wedi dewis 'i un o fel
fflach – rhyw gleddyf Arthur plastig, cam. A chditha, yn
ofalus, braf, yn cymryd dy amser hefo dy bunt. Dy bunt fach
gynnas yn dy law fach feddal. Doedd o ddim yn bunt
chwaith os cofia i'n iawn. Nag oedd ... 75c. Saith deg pump
o dy geinioga bach gwerthfawr di.

A finna'n methu cymryd yr un diléit ... wedi hen ollwng
fynd ar ledrith ffeiria a'u stondina, a chditha'n eu gweld
nhw mor lliwgar, mor loyw. Onid oedd 'na betha i'w

gwneud? Post a banc i'w dal a'r ticad parcio'n tician, a hitha'n bygwth dechra bwrw tra bo dillad ar y lein.

Gwirion. Gwirion ... gwyllt – gwallgo! A finna o fewn cyrradd i redeg fy mysedd drwy dy gyrls meddal, i redeg cefn llaw dros y bocha byns cochion ... a chditha yno yn llawn bywyd a iechyd, yn llawn ffalabalam a ji-ceffyl-bach a phyrsia bach coch ...

Un banad, babs. Mi werthwn i'r byd am un banad. Sut fysa chdi'n ei chymryd hi, sgwn i? Pa mor bell fysa chdi 'di mentro oddi wrth dy bwrs bach coch? Pwy fysa'r ferch ifanc yn gafael yn y gwpan? Yn gwisgo bra? Sut fath o sgidia fysa gen ti am dy draed? Sut steil fydda ar y cyrls erbyn hyn? 'Yn hogan i ...

Mi gadwa i hwn yn saff rŵan. Diolch, babs. Mi gadwa i o fel dwi 'di dy gadw di, hefo dy gwpan lefrith gynnas, a dy fest pop-pop-pop. Yng nghanol dy drysora. Fel hwn, dy bwrs bach, coch.

Ffasiwn Steddfod

CATRIN LLIAR JONES

Mae'n siŵr ei bod hi'n beth da bod y glec 'di bod mor swnllyd. Munud arall o'r llifyn aeliau du a 'swn i 'di dechra edrych fel Rob Brydon.

Yn y bath o'n i pan glywais y ffrwydrad, ar goll mewn niwl disglair o swigod persawrus, a'm sesiwn 'sgleinio cyn Steddfod y Fenni' yn ei hanterth. Roedd y dŵr yn gysglyd o gynnes, rhes o boteli gwneud gwyrthiau fel soldiwrs parod ar y silff uwch y tapiau, a minnau'n awchu am y gwedd-newidiad.

O'n i'n haeddu maldod bach, chwarae teg. Roedden ni 'di cael epig o fis. Un trip i A&E i gael pen melyn dyn Lego o ffroen hogyn bach pump oed, dos o'r dwymyn goch, homar o *meltdown* yn Aldi dros *screwdriver set* lliw tîm Lerpwl (peidiwch â gofyn), y ci yn cachu yn y cwpwrdd cotia, a'r nosweithiau di-gwsg didrugaredd yn parhau. Oedd, roedd hi'n hen bryd i Mam orffwys a dadflino ryw fymryn.

O'n i 'di sodro'r plant ar y soffa efo'r remôt, dwy fanana, dau becyn o Hula Hoops, dau diwb o iogwrt, dau garton o sudd oren, llond llaw o hen Maltesers llwydaidd o waelod y bocs losin, a dwy sws fach gynnes ar ddau dalcen bach esmwyth. Fuodd 'na 'rioed frecwast gwell.

'Gewch chi wylio WBATH, ocê? Dim ots gan Mam heddiw, trît bach,' dywedais yn sionc o glên, fel cyflwynydd *Cyw* 'di cael gormod o siwgr. 'O, ac os 'di Nain Llaeth yn ffonio, dudwch bo' fi'n llnau popty a 'na i ffonio hi wedyn, iawn?'

Wiw i honno fy nal i'n pampro. Yn ei thyb hi, 'swn i 'di bod yn wraig fwy diwyd 'sa'i mab hi heb *orfod* hoelio Nerys Hafod Isaf yn nwydwyllt i wal y cwt gwartheg ar fore llaith o loia.

Rhoddais glo ar y drws ffrynt am y tro, a'i heglu hi i fyny'r grisiau.

Lliwio fy aeliau pathetig oedd yr eitem gyntaf ar y rhestr 'Trwsio Mam', ac fel mae'n digwydd, yr olaf. Ymddengys fod y picnic danteithiol o'n i 'di'i ddarparu i'r bychs yn annigonol, ac roedd yn rhaid cael brechdan jam hefyd.

Yn anffodus, gadawodd y pot jam silff y cwpwrdd mewn ffordd eitha dramatig. Bu i'r digwyddiad yn ei gyfanrwydd esgor ar lif o sgrechiadau iasoer, crio dros ben llestri a thaflu bai pwdlyd, cyn diweddu â minnau'n dweud y drefn yn dinnoeth ymysg talpiau gludiog o jam.

Roedd fy nghegin fel gweithdy drama Glanaethwy, fy aeliau'n anwastad, a dŵr y bath bellach yn llugoer megis cawod Maes C. Roedd fy ngobeithion o fod yn 'Lyfi Steddfod' yn araf ddiflannu fel y tuswâu o swigod bregus ar fy nghluniau cochlyd.

Un nod eisteddfodol oedd gen i, dim ond un, a doedd ganddo ddim byd i'w wneud ag unrhyw fedal, na Rhuban Glas, na chwaith 'copio off' efo Huw Chis tu ôl i'r Bar

Gwyrdd ... er, 'swn i'm 'di deud 'Na' ar un adeg. O'n i jest isio bod yn deilwng o fod yn Lyfi. Lyfi am ddiwrnod.

O'n i isio sgleinio yn y Steddfod fel yr Elfair Prydderchs ysblennydd ar feranda Pl@iad, yn cilwenu tu ôl i'w sbectols haul enfawr, a photeli bach rhewllyd o Prosecco yn crogi'n chwareus rhwng eu bysedd-pigo-trwyn a'u bys bawd. O'n i isio'r cyfle i wrthod Sash Huw Ffash yn fyw ar S4C rhwng cegeidiau cain o tapas, ar y sail bod fy edrychiad yn llwyr ddiymdrech, *darlings*!

Ges gip ohonof fy hun yn nrws y popty wrth i mi sgwrio ... O, Mam bach, am olwg! Roedd fy mhen i'n drybola o gudynnau jam, blew afreolus fy nghoesau'n glynu i'r leino, a chythraul bach rhif un yn annog cythraul bach rhif dau i redeg 'nôl a 'mlaen yn pwnio 'nhin nes oedd hi'n dirgrynu, cyn syrthio ar y soffa'n swp o biffian chwerthin.

'Ma Mam yn caru jam, ma Mam yn caru jam, ma Mam yn caru jam, jam, jam, jam, jam.'

O'n i isio crio.

Y gwir ydy, do'n i'm 'di mentro i'r Brifwyl ers Dinbych yn '13, a doedd gen i'm bwriad o fod wedi mynd chwaith. Roedd cythraul bach rhif dau'n fis oed bryd hynny ac yn bwydo bob awr. Mi oeddwn innau'n dal i orfod cerdded fel hwyaden braidd, ac er gwaetha'r bygythiadau hormonaidd tanbaid, roedd Gethin 'di methu'n llwyr â chadw ei daclau budron o hafflau barus Nerys Hafod Isaf.

Ond yn llwyr annisgwyl, fore Sadwrn cynta'r Steddfod honno, glaniodd Mam acw. Roedd hi 'di cerdded allan ar David mewn ffit o genfigen afresymol.

"Na i warchod a llnau i ti os ga i aros am chydig, cariad,' rhochiodd rhwng ffug-ddagrau.

Wrth gwrs, cafodd Dad wybod yn reit handi am antics Mam, ac yn unionsyth, gwelodd ei gyfle i ddisgleirio. Felly, o fewn dau ddeg pedwar awr, nid yn unig roedd gen i *live-in* nani, ond o'n i dri chan punt yn gyfoethocach diolch i ochr gystadleuol Dad.

Cyd-ddigwyddiad oedd o 'mod i 'di gorfod pasio siop Kathy Gittins ar y ffordd i fyny Stryd Penlan i dalu pres Dad i'r banc y bore Llun hwnnw, a chyd-ddigwyddiad oedd o bod ganddi hi sêl haf ymlaen.

'Xenia Design,' meddai un ochr i'r label; '£195,' meddai'r ochr arall.

'Plis, gwaria ni rŵan,' meddai'r papurau ugain llithrig yn fy mhwrs. O'n i'n ddigon o sioe, yn linen rhychlyd, lliw llechen, o 'mhen i 'nhraed gyda'r godreon fel tasen nhw wedi'u trochi'n ddiofal mewn *bleach* – roedd o'n cuddio popeth.

'Ma hwn yn gweddu'n berffaith,' meddai'r ddynes siop, gan daflu cadwyn o beli ffelt mawr llwydaidd yn chwareus o gwmpas fy ngwddw. Braidd yn 'Merched y Wawr' i rywun yn ei thridegau, meddyliais, ond dyna fo, o leiaf roedd o'n tynnu sylw oddi wrth fy mronnau mynyddig.

Wn i'm be 'nath neud i mi feddwl y bysa mynd â babi mis oed i'r Steddfod yn beth hawdd, ond prin fod gen i ddewis chwaith. Triais odro'r noson gynt yn ystod *Pobol y Cwm*, ond bu cymhlethdodau celwyddau Eileen yn ormod o straen i mi, ac erbyn dechrau *Newyddion 9*, o'n i 'di cynhyrfu'n llwyr. Roedd y pwmp 'di gorboethi a doedd 'na'm diferyn yn y botel. Doedd dim amdani felly ond mynd â'r babi i'r Brifwyl.

Es ati'n reit handi i roi sglein i'r iCandy efo cadach llawr, ac addawodd Mam hwfro a rhoi diwrnod o *Cyw* a chreision i gythraul bach rhif un rhwng negeseuon testun ymgreiniol at David. David druan. Doedd gan y llinyn trôns ddim gobaith o wrthsefyll antics twyllodrus fy mam.

'Bydd yn driw i ti dy hun a phaid â phoeni am yr hen ffrindiau coleg 'na, cariad,' meddai, braidd yn nawddoglyd, gan fyseddu fy ngwallt fel petai hi'n chwilio am lau pen. 'Fedrwn ni i gyd ddim bod yn llwyddiannus, 'sti. Luned Pritchard wyt ti a Luned Pritchard fyddi di am byth.'

A dyma hi'n taro fy nghefn i fel petai gen i wynt. Bitsh. Dim rhyfedd bod Dad 'di'i gadael hi am borfeydd mwy gwelltog.

Anodd 'di bod *incognito* ar y Maes pan 'dach chi'n gwthio babi sgrechlyd o gwmpas y lle mewn coets liw tsili llachar, a gwynt Sir Ddinbych yn llenwi'ch tiwnic linen.

Roedd Lleucu Swyn PhD 'di 'ngweld i cyn i mi ei gweld hi. Rhedodd ata i, breichiau'n gyntaf, yn canu 'Luned!' drosodd a throsodd mewn *F Sharp*, gan ostwng un octef bob tro – fuodd hi 'rioed yn gerddorol. Uchel ei chloch, ond 'rioed yn gerddorol.

'O, sbia 'na chdi!' meddai, gan lonyddu'r tag ID BBC oedd yn crogi'n amlwg o'i gwddw main. 'Ti'n edrych *mor* iach! A phwy 'di'r dyn bach *lyfli* yma?' clwciodd yn ffals. 'Nath hi'm aros am ateb, a 'nes innau ond gwenu'n ddiddannedd yn ôl.

'A lle mae'r Gareth 'na gen ti 'dyddie yma, dal i odro?' Roedd y malais yn amlwg yn ei llais.

'Gethin, Lleucu. Gethin 'di'i enw fo, ac os ti isio gwbod,

mae o'n y cwt gwartheg yn bodio Nerys Hafod Isaf!' Yr hulpan hunangyfiawn, meddyliais, gan lyncu'n galed ar fy nhor calon, yn y gobaith o'i yrru'n ôl i gornel dywyll o'm hisymwybod, am ryw awran arall o leiaf.

Troais yr iCandy yn slic yn ei hunfan, a hwylio i ffwrdd i gyfeiriad stondin Twf, cyn i'r fawreddog Lleucu Swyn gael y cyfle i grychu ei thrwyn mewn dirmyg ar fy anffawd.

Doedd gen i'm 'mynedd trio egluro fy llanast o fywyd iddi – dim y bysa'i cheg brysur 'di rhoi cyfle i mi yngan gair. Ond beth bynnag, roedd fy mabi'n sgrechian, fy mronnau bellach yn gwegian, ac ro'n i wir yn dechra difaru mentro i Sir Ddinbych a'r Cyffiniau er gwaetha'r addewid o groeso.

Roedd adwy stondin Twf yn gymhlethdod o goetsis a rhieni eiddgar. Oedais am ochenaid gan syllu'n lletchwith ar y dagfa ddryslyd o liwiau cysefin a chrôm disglair o 'mlaen. Am sioe! Na, doedd gen i'm gobaith o fynd i mewn, heb sôn am ffeindio rhywle i barcio fy nhin. Safai o leiaf un Quinny (print sebra), dau Luna Mix a thua gwerth mil o bunnoedd o Stokke Xplory rhyngdda i a'r gadair agosaf, ac ar ben hynny, roedd y lle dan ei sang o 'mams glam', pefriog, yn prysur rannu cwtsys a chyfnewid babis. Sôn am fod allan o nyfnder.

Doedd gen i'm syniad lle i fynd na be i'w neud nesaf. Yna, i goroni popeth, daeth si eithaf annifyr o gyfeiriad y soffas bod Martyn Geraint o gwmpas, a Duw a ŵyr, fedra i'm gneud efo Martyn Geraint cyn amser cinio.

Gwthiais y bych yn ei flaen a'i heglu hi o 'na'n gyflym, gan gymryd cip ar fy ffôn wrth adael ac esgus bod gen i rywle pwysig i fod, fel rhyw lansiad llyfr bach sidêt. Wir yr, do'n i'm 'di bod ar y Maes am hanner awr a do'n i 'di gneud dim ond dianc.

Erbyn i mi 'nghael fy hun yng nghyffiniau tawel Tŷ Gwerin ym mhen pella'r Maes, ro'n i'n chwys laddar a gwyneb y bych fel betysen. Gollyngais fy nhin yn ddiseremoni ar orsedd bren, *shabby chic*, yng nghysgod arwydd mawr 'Be sy 'mlaen', ac estyn am y sgrechwr bach. A dyna pryd 'nath realiti fy sefyllfa Frank Spencer-aidd fy hitio fi.

Sut uffar o'n i'n mynd i fwydo yn gwisgo tiwnic un darn oedd yn fy ngorchuddio fel anferth o bafiliwn? Oedd, roedd hi'n 'Steddfod *chic*' Eidalaidd heb ei hail, ond doedd 'na'm ffordd hawdd i mewn a doedd 'na'n sicr ddim ffordd hawdd allan. Aeth y gri fach yn ddesbret, wedi ei megino gan arogl llefrith a phelydrau didostur yr haul. Roedd yn rhaid i mi rywsut roi cynnig arni.

Des i lawr o'r gadair ar y glaswellt, a defnyddio'r goets fel sgrin. Gwyrais yn fy mlaen, y bych yn un fraich, a chyda'r llaw arall, dechreuais afael fesul plyg yng ngodre'r tiwnic, gan weithio fy ffordd i fyny'n raddol, yn casglu modfeddi o linen wrth fynd. 'A' i fewn o'r gwaelod,' meddyliais, wrth i mi araf ddadorchuddio mwy a mwy o 'nghluniau bochdyllog, claerwyn.

Yna, gydag un symudiad chwim, llithrais y bych i lawr rhwng fy mhengliniau ac i fyny o dan y plygiadau niferus o ddefnydd yn y gobaith o fedru cyrraedd o leiaf un fron, a rhoi taw ar y newyn. Yr eiliad honno, aeth un fraich fach stiff yn sownd yn lastig fy nicer, ac er y gwyddwn nad oedd o wedi brifo, roedd sŵn ei rwystredigaeth yn aflafar.

Fedra i'm dweud 'mod i 'rioed 'di gweld Martyn Geraint

heb wên ar ei wyneb o'r blaen, tan y diwrnod hwnnw. Llamodd tuag ataf yn bantomeim o fôr-leidr o'i ben i'w draed ac yn welw gan fraw. Plygodd ataf a minnau yn fy nghwrcwd, fy mhengliniau ar led, fy ngwyneb yn rhuddgoch a sgrechiadau babi yn dod oddi tan fy Xenia Design lliw llechen.

'O, o, o, o, oooooo, Mam bach, odych chi 'di ffono ambiwlans?' meddai, a'r panig wedi ei aflonyddu'n llwyr. Sychodd chwys fy nhalcen ar ei *ruffles* gwyn, cyn plygu ei ben a chymryd sbec ansicr o dan y pentyrrau o ddefnydd tywyll. Llonyddodd M.G. am ennyd fach annifyr, ac yna dyrchafodd ei ben yn ansicr ac edrych i ganol fy ngwyneb, ei lygaid fel soseri, a'i ben i un ochr fel ci bach yn mofyn dealltwriaeth gan ei berchennog.

'B ... b ... b ... beth?!' ebychodd. 'Fi ddim yn deall,' ochneidiodd wedyn, 'feddylies i bo' ... ?'

'Trio bwydo dwi, 'de, a dwi'n styc yn y bastad ffrog 'ma!' torrais ar ei draws yn flin. 'A dwi'm yn gwbod be i neud, a neith y babi 'ma ddim stopio crio ...' Ildiais i'r dagrau. 'A 'sa'n well taswn i'm 'di dod yma, ac ma Gethin a Nerys yn ... yn ... yn ...' Dechreuais golli arnaf fy hun braidd.

Meddalodd wyneb M.G. a chododd y bych yn dyner i'w freichiau môr-leidr. Mwythodd ei ben meindlws mor addfwyn, cyn troi at y *nappy bag* ar y goets a thyrchu'n brofiadol am ddymi. ''Na fe, bach, paid ti â becso nawr, 'nawn ni ffindo rwle tawel i chi gal bwydo, a cha'l dishgled fach i Mami, ie?'

Nefoedd yr adar, pwy 'sa'n meddwl y bysa Martyn Geraint 'di troi i fod yn gymaint o arwr?

Wrth iddo fy helpu'n ofalus ar fy nhraed, ymddangosodd

cawr o ddyn mewn siorts tri chwarter a chrys-t Super Furries tu cefn iddo. Gwisgai *headset* am ei ben cyrliog, ac un o'r tagiau ID S4C 'na rownd ei wddw. Serennai dwy lygad syfrdanol o las dan ei aeliau trwchus, a chuddiai gweflau cynnes o goch 'mysg blewiach brith ei farf.

Rheolwr llawr i S4C oedd yr annwyl Meirion, oedd yn gyfrifol am y darllediadau dyddiol byw o'r Maes. Chwedl Meirion, o'n i 'di llwyddo i sodro fy hun i lawr yn y gwellt, yng ngolwg camerâu stiwdio S4C oedd yn union gyferbyn â'r Tŷ Gwerin.

Roeddwn i a fy nghoesau noeth 'di bod yn fyw ar y teledu, a minnau'n trio stwffio fy mabi i fyny fy ffrog, fel taswn i'n trio'i ddwyn o. Roedd Angharad Mair wedi cynhyrfu'n lân wrth iddi geisio mynd ati'n sionc i drafod canlyniadau'r 'Cyflwyniad ar lafar, dawns a chân' gyda'i gwestai am y bore. Ond pan ddechreuodd y negeseuon trydar am 'y ddynes od yn y gwellt efo'r babi' gyrraedd yn eu degau, aeth pethau'n flêr a bu'n rhaid torri ar frys i'r hysbysebion. Mentrodd Mei ychwanegu bod si 'di bod 'mysg y tîm ynglŷn â galw seciwriti, a dyna pryd drois i fymryn bach yn *hysterical*. #BabyGate.

Roedd Mei yn hynod drefnus. Llwyddodd i asesu'r sefyllfa'n reit sydyn gyda help ambell sibrydiad pwyllog gan M.G. Roedd 'na rywbeth cysurus o awdurdodol yn ei gylch, ac o fewn dim, wedi sesiwn *walkie-talkie* gyfrinachol, roedd yn amlwg fod cynllun ar waith i helpu'r ddynes anghenus.

O'n i'n rhacs erbyn hyn, wedi fy nhrechu'n llwyr. O'n i'n hongian yn llipa rhwng y môr-leidr cleniaf a fu 'rioed a'r rheolwr llawr mwyaf secsi a welais yn fy myw. Roedd un yn gyrru'r iCandy yn broffesiynol gyda'i law dde a'r llall yn siglo'r bych ar ei ysgwydd chwith. Tebyg ei bod hi'n cymryd Steddfod i fagu plentyn!

Mewn bygi golff gyda'r rheolwr llawr, mi gyrhaeddon ni'r Bailey Pageant Imperial, a fues i 'rioed mor falch o glywed swn sip drws adlen yn cael ei agor – do'n i'm yn un am garafanio, ond dan yr amgylchiadau, roedd hwn yn baradwys.

Wannwl, braf oedd cael diosg yr urddwisg a bwydo'r bychan.

'Cariad bach,' ochneidiais.

Eisteddodd Mei yn barchus yn yr adlen gyda'i baned a'i garibaldi, ac ildiais innau i'r soffa flodeuog ac esmwythder cynnes un geg fach radlon, cyn cau fy llygaid ar belydrau chwareus yr haf a fyrlymai drwy'r ffenestri. Doedd y pum mis diwetha ddim wedi bod yn hawdd, meddyliais, ond wn i'm be fyddwn i 'di'i wneud heb yr hogia: diolch i Dduw amdanynt. Roedd grym enfawr eu cariad wedi bod yn achubiaeth yn wyneb hunanoldeb budr a dideimlad eu tad.

Tawodd y sugno a disgynnodd un pen bach cysglyd yn ei ôl. Disgleiriai ei wefusau'n berffaith gydag ôl llefrith, a rhoddodd wên lawn gwynt a bodlonrwydd i mi cyn disgyn i drwmgwsg. Codais ei law fach at fy ngheg a'i chusanu'n hir. Oedd, roedd popeth yn mynd i fod yn iawn.

'Dwi'm yn meddwl 'mod i 'rioed 'di gweld dim byd mor hardd,' meddai Mei yn dawel, ei freichiau'n pwyso dros ymyl drws stabl y garafán. Gwenais.

'Diolch, Meirion. Diolch o waelod fy nghalon.'

Yn y bath oedden ni'n tri pan ddaeth Meirion adra.

'Be ddigwyddodd i'r pampro, Mrs Lewis?' gofynnodd yn bryfoclyd.

'Jam, Mei, lot fawr o jam,' dywedais, gan rowlio fy llygaid yn chwareus, a dyma ddau gythraul bach direidus yn dechrau morio chwerthin yng nghanol niwl disglair o swigod persawrus.

Gwenodd Mei. 'Dwi'm yn meddwl 'mod i 'rioed 'di gweld dim byd mor hardd,' meddai, ei wyneb yn llawn cariad.

Anna ar y trên

HAF LLEWELYN

Gallai ddychmygu Cath rŵan; roedd hi'n ei hadnabod mor dda, fe wyddai yn union beth fyddai hi'n ei wneud. Ceisia Anna beidio â meddwl am hynny, oherwydd mai newydd fedru peidio â chrio roedd hi, ac roedd meddwl am Cath yn mynd trwy ei harferion bach dibwys yn siŵr o ailgodi'r hiraeth. Daeth ambell ochenaid sydyn o'i chrombil, heb ei disgwyl, rhywbeth yn cydio yn ei brest hi ac yn creu tonnau bach o igian crio sydyn, nes gwneud i'w chyd-deithwyr edrych i fyny'n syn o'u ffonau, eu llyfrau, eu cyfrifiaduron, neu droi oddi wrth y gwyrddni sy'n gwibio heibio.

Cododd ei ffôn o flaen ei hwyneb a chreu pwl o besychu i geisio sicrhau pawb nad igian crio y bu hi o gwbl, ac mai dim ond dipyn o annwyd oedd arni, rhag ofn i rywun fod yn ffeind efo hi fel y dyn hwnnw ar y platfform. Doedd bod yn ffeind efo rhywun sydd ar fin crio fyth yn syniad da. Gwthiodd Anna ei hwyneb i'w sgarff, rhag ofn i'w hemosiynau cymysglyd ffrwydro o'i chrombil oherwydd roedd arni eisiau chwerthin dros y lle rŵan, wrth gofio wyneb llawn panig y dyn ar y platfform. Dim ond ei helpu hi i godi ei bag anferth i'r trên wnaeth o, ond roedd hynny'n ddigon iddi ailddechrau udo dros yr orsaf.

Dim ond edrych i fyny am eiliad wnaeth ei chyd-deithwyr – roedd yna neges bwysig i'w darllen, brycheuyn ar gefn llaw i syllu arno, rhandir blêr i'w feirniadu – doedd tor calon cyd-deithiwr ddim yn ddigon o reswm i unrhyw un gymryd sylw. Pendronodd. Oedd yna raddfa i fesur pryd yn union y bydd pobl yn cymryd sylw o ddigwyddiad, neu sgwrs, neu emosiwn? 'Graddfa gorfod cymryd sylw'? Beth fyddai'r sgôr allan o ddeg i'r digwyddiadau hyn, er enghraifft: esgor ar blentyn yn y coridor canol (ambell un yn dechrau anesmwytho; chwech allan o ddeg?); cael trawiad ar y galon wrth wthio bag i'r fasged uwchben (petai o'n drawiad swnllyd, efallai y byddai ambell un mwy mentrus yn trio cymorth cyntaf; saith allan o ddeg); methu dod allan o'r lle chwech (dydi hwn ddim yn sgorio'n uchel – digwyddodd hyn i Anna unwaith a bu'n cnocio ar y drws am ugain munud, o leiaf, cyn i'r gard ddod i'w hachub; tri allan o ddeg yn unig); cael ffit; bygwth rhoi bonclust i hen wraig fach fusgrell; marw ... Hm, siawns na fuasai marw yn sgorio deg; er, efo'r criw yma, efallai ddim.

Byddai Cath wedi mwynhau'r gêm yma, byddai ei hawgrymiadau hi yn siŵr o fod dros ben llestri'n llwyr. Yna cofiodd Anna, a sobrodd. Doedd y criw yma ddim gwaeth na hithau. Peidio â busnesu oedden nhw – a dyna'n union wnaeth hi y tro hwnnw ...

Yn Wilco oedden nhw, ychydig cyn y Nadolig, yn dewis pethau di-chwaeth i drimio'r lownj; gorau oll po fwyaf sgleiniog a thinselog oedden nhw, meddai Cath. Roedd hi wedi cael llond bol ar drio bod yn chwaethus. Roedden nhw'n mynd i gael Dolig di-chwaeth, meddai Cath, doedd pobl chwaethus a hi ddim yn cyd-fynd – a dyna lle bu'r ddwy yn dychmygu'r bobl fwyaf chwaethus y medren nhw feddwl amdanyn nhw'n cael Cath i drimio eu tai nhw cyn Dolig. Roedd pethau'n bygwth mynd yn flêr yn y siop, efo'r ddwy'n bod yn wirion, yn chwerthin yn rhy uchel, yn sgrwtsian gormod ar y trimins, nes roedd y staff wedi dechrau gwgu arnyn nhw.

Estyn am garw coch sgleiniog hynod ddi-chwaeth oddi ar y silff uchaf oedd Anna, pan glywodd hi'r sgrech i ddechrau. Mae'n rhaid na chlywodd Cath, oherwydd roedd hi'n dal i blethu tinsel rownd ei gwddw.

Gwaedd – sgrech – mwy o sgrechian – rhegfeydd – bloeddiadau –bygythiadau – sŵn plentyn bach yn dechrau igian – mwy o regi – gwaedd arall – sŵn slaes ar goes noeth – *mi gei di gweir iawn pan gyrhaeddwn ni adra* – sŵn crio'n rhwygo o waelod bol – crio poenus – crio go iawn – sŵn gorffwylledd – sŵn colli pwyll – sŵn traed bach yn methu cadw i fyny – *dwi wedi deud a deud a deud wrthat ti: chei di ddim* – tanchwa'r trimins – llestri teilchion – *paid, Mam*.

A dyna nhw – cip yn unig ohoni'n llusgo'r bychan heibio gwaelod y llwybr trimins, heibio'r goleuadau tylwyth teg, heibio'r Siôn Corn barfog, plastig, hael, heibio'r coed trymlwythog o eira dilychwin, heibio'r siopwyr a'u trolis a'u llygaid llonydd, heibio *til rhif tri os gwelwch yn dda,* ac allan i'r awyr laith. A dyna fo.

Distawrwydd. *Til rhif tri os gwelwch yn dda.* A Cath a hithau'n sefyll yno, eu llygaid yn syn, yn rhythu ar eu holau nhw. *Til rhif tri os gwelwch yn dda*. Pawb yn rhythu a neb yn symud, fel 'tae'r ffilm wedi sticio ac yn gwrthod mynd yn ei blaen. *Til rhif tri os gwelwch yn dda*. Ac yna'r dadebru.

'O'r beth fach ...'

'Hogyn bach oedd o, 'sti, Cath,' meddai Anna.

'Naci – y fam oeddwn i'n feddwl.'

A hithau'n methu deall.

'Ty'd, awn ni ar eu holau nhw ...' Ond erbyn iddyn nhw gyrraedd y stryd, doedd yna ddim golwg o'r un fam orffwyll na phlentyn a'i draed yn prin gyffwrdd y ddaear.

'Shit,' meddai Cath, 'mi ddylwn fod wedi gneud rhwbath.'

'Ond ella basa hi wedi troi arnat ti wedyn. Doedd hi ddim yn gall, ei cholli hi fel 'na yng nghanol siop, a'r hogyn bach, druan 'na'n gorfod byw efo'r bitsh.'

'Mae'r gora yn ei cholli hi weithia,' meddai Cath, a'r tinsel yn dal am ei gwddw hi.

Roedd Anna wedi llwyddo i gael sedd wrth fwrdd, a symudodd draw at y ffenestr. Tynnodd y pecyn allan o'i bag, a dadlapio'r brechdanau'n ofalus o'u papur a'r bag plastig. Fedrai Cath ddim dod o hyd i gaead yr un twb plastig cyn cychwyn, felly doedd dim amdani ond eu lapio nhw mewn papur. Roedd caeadau a thybiau plastig fel sanau, meddai Cath; fedrech chi fyth ddod o hyd i bartneriaid y naill na'r llall.

Brechdan gaws a thomato, a'r tomato wedi treiddio trwy'r bara nes troi'r frechdan yn llipa. Astudiodd Anna'r frechdan yn ofalus, rhag ofn fod yna lwydni yn cuddio yn rhywle arni. Arferiad oes o fyw efo Cath.

'Wneith mymryn o lwydni ddim drwg i neb, 'sti – penisilin, ti'n gweld.'

Ac a bod yn deg, wnaeth llwydni erioed ddrwg iddi, mae'n rhaid, na'r mymryn o bridd rhwng dail y letys, na'r sgerbwd lindysyn hwnnw ar ymyl ei phlât, pan gymerodd Cath yn ei phen i dyfu brocoli un flwyddyn, ond i'r rhan fwyaf o'r rheiny gael eu cnoi gan haid o lindys, cyn i Cath a hithau fedru eu cynaeafu.

Roedd y frechdan yn iawn, ac yn fwy na hynny, roedd yna baced o greision go iawn Walkers caws a nionyn efo'r brechdanau, nid y rhai *own brand* roedden nhw'n eu cael fel arfer.

Gwibiai'r trên yn ei flaen a llyncwyd y caeau gwyrdd gan ymyl ddu'r twnnel, ac am eiliad fedrai Anna ddim dirnad pwy oedd y ferch od yna oedd yn edrych arni yn y ffenestr, honno â'r frechdan yn ei llaw a golwg syn ar ei hwyneb. Syllodd ar yr adlewyrchiad. Byddai'n rhaid iddi wneud rhywbeth am ei gwallt wedi cyrraedd pen ei siwrne. Ei dorri'n daclus, ella, ei droi'n ôl yn lliw tawel fyddai'n gadael iddi lithro i'r cysgodion heb i neb sylwi arni. Mi fyddai hi'n ceisio ffitio i mewn efo'r myfyrwyr eraill; yn ceisio gadael ei hodrwydd ar ôl yn y tŷ ar dop yr allt, efo Cath.

Yn y tŷ ar dop yr allt, dyna lle byddai Cath rŵan. Fyddai hi wedi dringo'r ail risiau i fyny i'r llofft fach yn yr atig – llofft Anna, lle medren nhw ddringo allan trwy'r ffenestr ac eistedd ar ymyl to'r tŷ gwag drws nesa, gan mai dyna'r unig le y medren nhw gael cip ar y môr? Wrth gwrs mai dyna lle byddai Cath rŵan, yn y llofft, yn mynd trwy'r pethau y bu'n rhaid i Alys eu gadael ar ôl, gan nad oedd ganddi le yn ei bag iddyn nhw. Fyddai Cath yn twtio ar ei hôl yn hiraethus?

Yn eistedd ar ymyl ei gwely yn ochneidio, a'r corrach gwyrdd yn ei llaw – hwnnw gafodd hi pan benderfynodd y ddwy fynd i Ddulyn am y diwrnod ers talwm?

Gallai weld Cath yn troi'r botwm ar ei gefn er mwyn clywed 'Danny Boy' yn dod allan o'i fol, a'r alaw yn hyrddio ar gyflymder gwallgo, cyn i'r mecanwaith arafu, arafu, arafu, nes y byddai 'Danny Boy' yn slyrian a marw ar hanner bar – gan wneud i rywun fod eisiau ei weindio eto, ac eto, ac eto, i geisio cael 'Danny Boy' i farw lle dylai'r gân orffen. Wnaeth hi erioed lwyddo, ac fe aeth y corrach gwyrdd i'r wardrob am flynyddoedd, oherwydd ei styfnigrwydd.

Mae'r trên yn aros, a'r gard yn brysio i helpu gwraig osgeiddig, oedrannus i gario ei ches twt, brown. Mae'n gafael yn ei braich yn foneddigaidd, a phan mae'r wraig yn saff ar y trên, ac wedi ailafael yn ei hymarweddiad gosgeiddig, mae'r gard yn estyn ei ches iddi. Dyma sut le mae Anna wedi ei ddychmygu ydi'r Amwythig. Ŵyr hi ddim pam, ond dyma'n union roedd hi'n ei ddisgwyl o'r lle hwn – pobl â'u hymarweddiad yn osgeiddig. Mae hi'n hoffi sŵn y geiriau yna – 'ymarweddiad gosgeiddig'. Mi fyddai Cath wedi hoffi hynna – ei bod hi wedi meddwl am y geiriau yna – 'ymarweddiad gosgeiddig'. Un felly oedd Nain Bwlch.

Pan oedd hi'n ferch fach, yn fuan wedi iddi ddod i fyw at Cath, ei hoff beth hi fyddai cael eistedd ar y soffa, a honno mor agos at y tân fel bod croen ei choesau'n pigo, a Cath wrth ei hymyl yn adrodd storïau. Nid darllen stori, ond dweud stori 'go iawn'. Stori amdani hi, Cath, Catherine, yn ferch fach, merch fach i Nain Bwlch. Fedrai Anna ddim dychmygu Cath yn ferch fach i Nain Bwlch chwaith, roedd y ddwy mor annhebyg.

'Oeddat ti'n hogan fach i Nain Bwlch, *go iawn*?'

'Oeddwn, 'sti – jest fel rwyt ti'n hogan fach i fi *go iawn*.' Roedd Cath wedi cydio ynddi a'i gwasgu, ac roedd y geiriau hynny wedi gwneud i Anna deimlo'n gynnes, gynnes braf.

Sylwodd ar yr hen wraig ddaeth i mewn; roedd hi'n nesu tuag ati hi, tuag at y sedd wag gyferbyn, ac yn aros wrth y sedd, cyn pwyntio, *'Is it taken?'*

'No, ma'm.'

Oedd hi wir wedi dweud hynna rŵan? Fel petai hi'n chwarae rhan yn *Downton Abbey*. Cuddiodd ei hwyneb yn ei sgarff o gywilydd. Doedd yr hen wraig ddim wedi clywed, mae'n debyg, cysurodd ei hun. Mentrodd godi ei phen a chymryd cip ar y wraig. Roedd hi fel pictiwr, yn berffaith, fel llun hen wraig mewn llyfr plant Ladybird – y llyfrau hynny oedd yn gymaint o dân ar groen Cath fel ei bod hi wedi prynu rhai iddi yn y siop ail-law dim ond i dynnu arni. Roedd Cath wedi gwirioni, ac wedi eu defnyddio nhw i'w rhoi dan goesau'r bwrdd i'w stopio rhag siglo.

Wnaeth hon ddim gwenu arni chwaith; doedd hi ddim i'w gweld fel 'tae hi eisiau sgwrsio. Yn fuan roedd ei llygaid ar gau, ei bag ar ei glin, a'r ddwy faneg ledr ddu yn cydio'n dynn yn yr handlen. Gwisgai gostiwm gwlân mewn lliwiau brown a gwyrdd fel brwyn, a broetsh siâp croes Geltaidd ar labed melfed y siaced. Mi fyddai hi wedi bod yn retro petai'r hen wraig yn gwybod hynny, ond gan nad oedd hi'n deall fod costiwms yn ôl mewn ffasiwn, doedd hi ddim. Hen ffasiwn oedd hi fel Nain Bwlch.

'Paid â phoeni, wna i ddim gwneud y Nain Bwlch arna chdi.'

Ond fedrai Anna ddim dweud wrthi na fyddai hynny wedi ei phoeni hi o gwbl.

Roedd yn noson rieni yn yr ysgol, ac roedd Cath a hithau i fod i fynd yno i drafod pa raddau roedd Anna'n debyg o'u cyrraedd yn yr arholiadau. Roedd hynny'n beth gwirion, meddai Cath – sut roedd yr athrawon i fod i wybod hynny? Roedden nhw'n defnyddio geiriau oedd yn sticio yn ei gilydd fel cerbydau trên:

Targedulefelaudisgwyliadaugwaithcwrsmodiwlausafonedig.

'Dwi'n cofio Nain Bwlch yn dod efo fi i'r ysgol i noson rieni unwaith,' meddai Cath, 'a dyna hi i lawr y grisiau yn ei chostiwm gora, yr un oedd hi'n wisgo i fynd i'r gymanfa ... Oedd gen i ffasiwn gwilydd cerdded mewn i'r ysgol efo hi, a phawb yn rhythu a chwerthin rhwng eu bysedd. A'r diwrnod wedyn dyma Mr Harris, yr athro Saesneg, yn dweud ei bod hi'n "*splendidly regal*". A finna heb syniad beth oedd o'n feddwl. Paid â phoeni, Anna, wna i ddim y Nain Bwlch arna chdi. Neith neb fy ngalw i'n *regal* beth bynnag – *splendid* ella ...'

Roedd Cath wedi chwerthin cymaint nes iddi golli hanner cynnwys y gwpan goffi ar ei glin, ond doedd fawr o wahaniaeth oherwydd byddai'r staen coffi yn diflannu i mewn i'r myrdd o liwiau oedd ganddi ar ei sgert – honno roedd hi wedi ei chlymu'n glymau amrywiol, cyn ei mwydo am ddyddiau mewn llond crochan o liw oren llachar.

'Wyt ti'n ei licio hi?'

'Mae hi'n ... ddiddorol.'

Roedd yr ateb wedi plesio. Fedrai Anna ddim dianc – doedd neb am fethu gweld Cath yn ymddangos yn ei sgert liw tanjerîn, ac mi fyddai hi'n gymaint mwy llachar yn erbyn cefnlen lwydaidd neuadd yr ysgol.

'Ond dydi hi ddim yn fam go iawn iddi, nachdi?' meddai o wrth ei fam, wrth aros ei dro efo'i fam sidêt (fel mae mamau go iawn) i weld yr athro Cemeg. Ond doedd Cath ddim digon pell, ac mi glywodd.

'Nadw – dwi ddim 'go iawn', 'sti – rhithweledigaeth ydw i, tylwythen deg, gwrach, dewin, ysbryd, bwgan, ffenomenon. Gofyn i dy athro Cemeg am y swyn i greu un fel fi, 'ngwas i.'

Ond nid haeriadau'r bachgen oedd wedi ei chorddi hi o ddifrif. Fe wyddai Anna hynny. Mi fyddai sylwadau o'r fath wedi gwneud iddi chwerthin fel arfer. Arni hi, Anna, roedd y bai. Cododd Cath odre'i sgert danjerîn a llamu am adre i fyny i'r tŷ ar dop yr allt, ac Anna'n trotian y tu ôl iddi. Roedd hi'n gwybod fod Cath yn flin, wedi siomi, ond ddywedodd hi ddim byd. Dim ond nôl cebab iddyn nhw i swper, ond ddaeth hi ddim i weld y môr o ben y to y noson honno, er bod y machlud yr un lliw â'r sgert danjerîn. Ac aeth Anna i'w gwely, yn gwybod y byddai hi *yn* pasio'r arholiadau i gyd – dim ond i brofi i'r bastards fod Cath yn fam go iawn.

Mae'n rhaid ei bod hithau wedi hepian cysgu. Deffrôdd – roedd yna deithiwr arall wedi dod i eistedd gyferbyn â hi ar ochr arall yr eil. Tynnodd y teithiwr liniadur o'i fag cefn, a'i osod o'i flaen ar y bwrdd. Roedd ganddo hefyd un o'r pethau plastig yna oedd yn caniatáu i chi glywed sgwrs ffôn yn syth i'ch clust. Un o'r pethau yna oedd yn dweud wrth bawb yn y bôn eich bod chi mor aruthrol o werthfawr i'r bydysawd fel na fedr pobl ddim mynd mwy nag ychydig eiliadau heb eich ffonio.

Cofiodd Anna fel roedd y dyn hwnnw roedd Cath wedi ei gyfarfod ar noson allan ym Mangor yn gwisgo un o'r pethau clust yna hefyd. Ond roedd Cath wedi nodi'n drist nad oedd neb erioed wedi ei ffonio chwaith. Cytunodd Cath i fynd efo fo i'r pictiwrs ddwywaith, oherwydd fod ganddi biti drosto fo.

'Fedri di ddim mynd efo rhywun jest achos bo' ti biti drostyn nhw, siŵr Dduw.' Roedd Anna wedi bygwth dweud wrth Nain Bwlch, ond wnaeth hi ddim, oherwydd fe aeth y dyn o Fangor yn ango'. Fo a'i declyn clust.

Tynnodd y teithiwr ddau lyfr cyfeirio cymhleth yr olwg allan a'u gosod mewn llinell syth wrth ymyl y cyfrifiadur. Sylwodd Anna nad oedd ôl byseddu ar y llyfrau, dim un ddalen wedi ei throi i gadw lle, dim un papur blêr i nodi mai fan hyn fu'n rhaid iddo stopio darllen am fod y cwbl wedi mynd yn rhy affwysol o ddiflas.

Yr ochr arall i'r gliniadur gosododd becyn bach o swshi, yn binc a gwyrdd; plyciodd y plastig oddi arno'n ofalus. Sythodd y pecyn, fel ei fod yn unionsyth efo ochr arall ei liniadur. Roedd y swshi'n berffaith, yn siapiau cymesur, perffaith.

Sylwodd Anna ar wynder anghyffredin ei dreinyrs, llyfnder slic ei wallt tywyll. Gydag anesmwythyd, sylwodd hefyd ar y fodrwy lydan ar ei fys. Trodd yn sydyn oddi wrtho; roedd ogla'r swshi'n troi ei stumog.

Roedd ffôn yn canu'n rhywle. Ond wnaeth y dyn ddim symud. Daliai'r ffôn i rwnian. Agorodd yr hen wraig ei llygaid yn biwis, ac ymestyn ei gwddw yn ei siwt o liw'r brwyn, braidd fel alarch, meddyliodd Anna. Mae'n rhaid bod gwar yr hen wraig wedi cyffio wrth iddi hepian cysgu mewn camystum, ac roedd sŵn y ffôn wedi ei deffro.

Neidiodd Anna wrth sylweddoli mai ei ffôn hi oedd yn gwneud y twrw. Ymbalfalodd yn wyllt trwy ei phocedi. Cath.

'Jest isio deud wrthat ti am gymryd y trên arall wedyn – yr un lleol. Mae'r stesion jest wrth ymyl y stryd wyt ti isio, yn tydi, ti'n cofio? Paid â trio cerdded efo'r bag yna, mae o'n rhy drwm i ti, Anna. Platfform tri oedd o'n de? Ond gofyn i rywun yn y stesion ...'

'Dwi'n gwbod, Cath. Ti 'di deud, 'sti, a dwi'n cofio beth bynnag.'

'Ia, paid â chymryd tacsi, mi gostith ffortiwn i ti. Maen nhw'n gweld pobl fel ni'n dŵad o bell, 'dydyn. Mi ddyblith y pris, saff i ti.'

'Iawn, wna i ddim, dwi'n iawn, 'sti.'

'Lle wyt ti, Anna? Lle 'dach chi? Mi ddylia chi fod yn nesu rŵan, 'sti, rhyw awran arall ella. Faint o' gloch oeddat ti i fod i gyrraedd? Ydach chi wedi cael *delay* o gwbl?'

'Ym ...' Doedd ganddi ddim syniad lle'r oedd hi, ond doedd y trên ddim wedi oedi yn unlle – doedd hi ddim wedi cysgu mor hir â hynny. Chwiliodd trwy ffenestr y trên am arwydd. Oedd yna rywbeth cyfarwydd fedrai hi ei ddarganfod a fyddai'n gliw iddi? Doedd y sgwennu coch ar y sgrin ddim yn gweithio, a doedd y llais heb gyhoeddi lle'r oedden nhw ers meitin. Fedrai hi weld dim ond caeau a'u gwartheg tegan yn gwibio heibio.

'Dwn i'm, ond dydan ni'm yn bell ...'

'Reit – ffonia fi pan gyrhaeddi di, iawn?'

'Siŵr o neud, ond Cath, fydda i yn iawn, 'sti.'

'Byddi siŵr, jest ...' Oedd yna fymryn o grygni yn y llais? Doedd Cath ddim yn Cath. Fyddai hi byth yn arfer ffysian yn ei chylch – bron na châi benrhyddid ganddi.

'Cath, be sy?'

'Dim byd.' Dau air anferth o fychan.

'Shh!' meddai'r dyn. Roedd y sgwrs ffôn yn ei gadw oddi wrth ei waith ar y gliniadur. Dechreuodd dwt-twtian o dan ei wynt.

'Rhaid i mi fynd, Cath.'

'Ond Anna ...'

'Be?'

'Mi fyddi di'n iawn, 'sti ...'

Cymerodd Anna'i hanadl; roedd yna ryw igian yn bygwth dod o'i chrombil eto.

'Byddaf ...' sibrydodd.

Pwysodd y botwm i ddiffodd y llais. Cododd ei phen i edrych ar yr hen wraig; edrychai honno'n biwis hefyd. Damia nhw, meddyliodd Anna, siawns nad oedd ganddi hawl i gael sgwrs fer efo'i mam, heb i'r rhain ddechrau cwyno.

You do realize that this is meant to be the quiet carriage, don't you?' meddai'r dyn a'i lais mor wastad â'r swshi yn y pecyn plastig.

Sorry, but I had to take the call, it was my mother.' Am beth dwl i'w ddweud. Be oedd hi o bwys pwy oedd ar y ffôn? Ond rhywsut, roedd y ffaith fod hwn yn flin yn ei gwneud hi'n fwy hyderus. Sythodd. 'Stwffio fo,' meddyliodd, 'mi ffonia i Cath yn ôl, jest i fynd i fyny ei drwyn bach twt o.'

She had to take the call. It was from her mother, for goodness' sake.'

Syllodd Anna ar yr hen wraig oedd fel Nain Bwlch.

'Peidiwch â chymryd atoch. Mae'r trên 'ma'n llawn o bobl fel hwn, dim amser i ddeud dim wrth neb. Ar eich ffordd i'r coleg ydach chi?'

'Ia.'

Damia, tasa hon heb fod yn ffeind mi fyddai hi wedi bod yn iawn. A tasa hi heb fod yn Gymraes, a tasa hi ddim cweit mor debyg i Nain Bwlch ... Gallai Anna deimlo'r igian yn cryfhau, yn crynu drwyddi ac yn ffrwydro'n un dagfa o ddagrau poeth.

Gwenodd yr hen wraig ac estyn hances iddi.

'Mi fydd eich mam yn iawn, 'chi,' meddai wedyn.

'Bydd,' meddai Anna a chwythodd ei thrwyn yn uchel i'r hances fach les.

Cododd y teithiwr gyferbyn, pacio'r gliniadur i'r bag cefn, lapio'r swshi yn ôl yn y plastig, sodro'r ddau lyfr o dan ei gesail, a symud i chwilio am sedd dawel yn rhywle arall. Caeodd ddrws y carej gan gau sŵn chwerthin y ddwy ar ei ôl.

Y Daith

EURGAIN HAF

Un o hoff lyfrau fy mab pedair blwydd oed yw *Brig-ddyn,* sef yr addasiad Cymraeg o *Stick-man.* Dyma gymeriad unigryw arall o stabl dychymyg Julia Donaldson a'r darlunydd Axel Scheffler, sef rhieni *Y Gryffalo.* Mae'n stori fach gyfareddol am ddyn o frigyn sy'n mynd am dro un bore ond yn ei ganfod ei hun ar goll ac yn dod wyneb yn wyneb â phob math o anawsterau a pheryglon wrth iddo drio ffeindio'i ffordd adref at ei wraig a'i blant yn y 'Goeden Deulu'.

O ddarllen y llyfr iddo am y canfed tro, fe'm trawodd y gallai'r stori yn ddigon hawdd fod yn alegori o hanes fy nhaith innau i fod yn fam. Stori sy'n egino yn fy more oes pan gymerais yn ganiataol, hyd yn oed yn blentyn, y byddwn i'n dod yn fam – cyn i mi orfod troi'r dudalen ar bennod ddiflagur yn fy mywyd a esgorodd ar gyfres o driniaethau ffrwythlondeb a'r posibilrwydd na fyddwn i'n byw yn hapus byth wedyn yn fy nghoeden deulu fy hun.

Dwi'n gwybod erbyn hyn i'r ysfa i fod yn fam fy meddiannu'n llwyr nes i mi bron â cholli golwg ar bwy oeddwn i. Fe barodd dros gyfnod o dair blynedd ar ddeg o'r adeg pan oeddwn yn 27 oed hyd drothwy fy neugain. A gwn ei bod yn ystrydeb dweud fod bywyd yn reid ffigyr-of-êt, ond alla i ddim meddwl am ddisgrifiad gwell i grynhoi'r profiad. Cefais fy nhaflu fel doli glwt i bob cyfeiriad nes bod fy mhen i'n troi a'm perfedd wedi ei droi tu chwith allan. Teimlais bob emosiwn dan haul, o obaith a gorfoledd i gael fy llorio'n llwyr gan anobaith a galar. O'r funud y byddwn i'n agor fy llygaid nes y byddai'n amser eu cau unwaith eto, dyma'r oll y gallwn feddwl amdano. Yn anochel, fe gafodd hyn effaith ar fy mherthynas gyda'm gŵr, fy nheulu a'm ffrindiau agosaf, a chymaint yw fy ngwerthfawrogiad iddynt oll am eu cefnogaeth.

Nid pob merch sy'n dewis bod yn fam. Ond wnes i erioed ddychmygu peidio â bod yn un. O oedran cynnar iawn byddwn yn dynwared fy mam fy hun hefo fy noliau, ac un o'i hoff straeon hyd heddiw yw'r un am iddi ddigwydd sbio drwy'r ffenest a gweld tair o genod bach yn gwthio'u coetsis i lawr y Lôn Bost. Mynd â'n Tiny Tears i gael eu pigiadau i syrjeri Llanbêr oeddwn i a'm ffrindiau iff-iw-plis, a hynny wedi i ni fod yno hefo'n mamau, yn gweld ein brodyr neu ein chwiorydd iau yn eu cael! Yna, yn fy arddegau, pan fyddwn yn rhyw how-gicio yn erbyn y tresi gan aros allan yn hwyr a pheri i'm rhieni boeni, roedd y geiriau: 'Gei di weld sut beth ydi o pan fyddi di'n fam dy hun!' yn rhai cyfarwydd. A finna'n fy hyfdra yn meddwl, wel caf, siŵr o fod.

Mae rhywun hefyd yn cofio cyrraedd y pwynt cyfforddus yna mewn perthynas pan ydach chi'n dechrau trafod sut fath o blant gaech chi hefo'ch gilydd a'u pryd a'u gwedd –

fy nhrwyn smwt i neu ei lygaid mawr, brown o? Yn dal fel y fo neu yn fach ac yn grwn fel fi ... ?

Credir y bydd un o bob pedair, sef chwarter y merched a gafodd eu geni yn yr 1970au, yn cyrraedd 45 oed heb roi genedigaeth. Bydd y mwyafrif o'r rheiny'n ddi-blant oherwydd amgylchiadau, ac nid o ddewis. Ond yn anaml iawn y byddwn yn clywed eu straeon. Tybed a oes rhyw fath o stigma neu dabŵ yn dal i fodoli wrth drafod y 'ddynes ddi-blant' oherwydd nad ydi cymdeithas yn siŵr iawn sut i'w thrin? Pam fod geiriau fel 'merch sy'n dilyn gyrfa', 'hunanol', 'hesb' a 'hen ferch' yn parhau i bardduo merch o ryw oedran arbennig sy'n cerdded o gwmpas heb fod yn gwthio pram neu heb ddau neu dri o blant yn crafangu wrth ei phengliniau?

Mae gan bob mam neu ddeisyf-fam ei stori. Dyna pam fy mod i wedi penderfynu esgor ar fy un i yn y gyfrol hon. Ar hyd fy nhaith, fe gefais fudd o ddarllen llyfrau, erthyglau a blogiau gan ferched oedd yn profi'r un peth â mi a dwi'n cofio gresynu nad oedd dim byd tebyg ar gael yn y Gymraeg. Fy ngobaith, o rannu fy stori, yw y caiff rhywun yn rhywle gysur o wybod fod un arall wedi rhannu ei gwewyr a bod gwyrthiau yn gallu digwydd o dro i dro.

Yn ei haraith yn ein gwledd briodas yng Ngwesty'r Fictoria yn Llanberis, fe soniodd fy nhad-yng-nghyfraith i'r Frenhines Fictoria roi genedigaeth i naw o blant. Roedd yr awgrym yn amlwg. Ond dwi'n cofio meddwl mai stori wahanol iawn i un yr hen Fictoria ac Albert fyddai ein hun ni. Wel, yn sicr o safbwynt cenhedlu naw epil! Roedd yna ryw hen gnoi wedi bod yn fy stumog ers rhyw ddwy flynedd cyn i ni briodi na fyddai cael plant yn dod yn rhwydd i ni. Galwch o'n chweched synnwyr. Roeddwn i wedi lled-argyhoeddi fy hun y byddem ni'n cael ychydig 'o draffarth', ond y byddai yn digwydd. Rhyw ddydd. Dim ond ei fod yn mynd i gymryd amser.

Flwyddyn ar ôl i ni briodi fe aethom ni i weld y meddyg. Dair blynedd yn ddiweddarach fe gymerom ni'r cam cyntaf ar y daith gorfforol ac emosiynol drwy gyfres o driniaethau ffrwythlondeb a ymestynnodd dros gyfnod o ddegawd, ac a gostiodd yn agos i £25,000.

Dwi'n cofio gadael y clinig cyn i ni ddechrau ar ein triniaeth IVF gyntaf gan gydio mewn oren boliog, braf yn un llaw. A'r llaw arall yn gildwrn o yfory newydd. Roedden nhw wedi rhoi oren i mi er mwyn i mi allu ymarfer rhoi'r pigiadau yn fy stumog. Ac er nad oedd proses gorfforol y triniaethau yn rhy boenus, roedd delio gydag effaith yr hwyliau'n pendilio oherwydd effaith yr holl hormonau yn heriol. Roedd fel petai rhyw fwystfil wedi fy meddiannu ac weithiau byddwn yn beichio crio am ddim rheswm o gwbl, a thro arall yn teimlo ar ben fy nigon. Rhoddais y gorau i gaffîn a'r gwin ac fe sglaffiais galonnau pinafal, grawn-ffrwyth, cnau Brasil a mêl Manuka fel tasa fy yfory'n dibynnu arnyn nhw gan fod y rhain i fod i helpu'r embryo i fewnblannu. Gorfodais fy ngŵr druan i yfed cymysgedd o berlysiau arbennig bob bore oedd yn edrych ac yn arogli fel gwydriad o dail buwch! Dwi'n ofergoelus ac roedd ceiniogau 'lwcus' yn syrthio o bob dilledyn, ac fe awn am sgowt yn y car i chwilio am gath ddu'n croesi'r lôn ac aros yn fy unfan am oriau nes y gwelwn ddwy bioden. Fe gofleidiais hefyd driniaethau amgen aciwbigiad ac adweitheg, a dod ar draws therapyddion oedd yn bobl arbennig iawn, rhai a ddaeth yn ffrindiau da i mi, ac a oedd o hyd yn barod i wrando a chanddyn nhw'r ddawn i ddeall.

Doedd siarad am y peth hefo aelodau o'r teulu a ffrindiau ddim mor rhwydd. A dwi'n sylweddoli erbyn hyn pa mor anodd oedd hi arnynt hwythau ac yn ddiolchgar iawn i bob un am eu hynawsedd. Yn achos ein triniaeth IVF gyntaf, fe fuom ni'n eithaf agored gyda phawb. Ond roedd gorfod dweud wrth bawb na fu'n llwyddiannus fel ailagor y clwy. Daeth yn amlwg hefyd nad oedd pobl yn gwybod sut i ymateb, felly fe benderfynom na fyddem ni'n dweud wrth neb am unrhyw driniaethau pellach, dim ond pe byddent yn llwyddo. Tua'r amser yma hefyd yr oedd fy ffrindiau i gyd yn dechrau cael plant, a gwn ba mor galed oedd hi arnyn nhw yn gorfod gwneud 'yr alwad ffôn' yna i mi. Ac roedd clywed y geiriau fel dagr yn fy nhrywanu, dro ar ôl tro: eu bod nhw'n disgwyl. Fod babi bach ar y ffordd. Finna'n mynd i deimlo'n ofnadwy o euog wedyn fy mod wedi ymateb fel hyn a ddim wedi gallu ymroi i rannu eu llawenydd, er fy mod wedi rhannu popeth arall hefo rhai ohonyn nhw ers dros ugain mlynedd, ers ein dyddiau ysgol. Byddwn yn aml yn canfod fy hun yn gwneud esgusodion i beidio â'u gweld dros gyfnod y naw mis o'u metamorffosis corfforol, gan i mi deimlo mor ddiwerth ac yn gymaint o fethiant fy hun. Ac yn ddi-ffael, byddai'r un hen gwestiwn yn dychwelyd i'm plagio: Pam Fi? Pam Ni?

Dwi'n meddwl mai un o'r rhesymau i'n taith drwy driniaethau ffrwythlondeb barhau am bron i ddegawd oedd nad oedd neb yn gallu rhoi rheswm dilys i ni pam nad oeddem yn gallu beichiogi. Y term meddygol a ddefnyddiwyd oedd 'anffrwythlondeb anesboniadwy'.

Fe godwyd ein gobeithion hefyd gan y ffaith i ni feichiogi yn naturiol rhwng y triniaethau. Ddwywaith. Y tro cyntaf, roeddem dan yr argraff fod pob dim yn iawn nes i ni fynd am y sgan deuddeg wythnos. Wna i fyth anghofio dal llygad y nyrs wrth iddi giledrych ar ei chyd-weithwraig a throi'r sgrin i ffwrdd rhag i ni ei weld. A gwybod yn syth fod rhywbeth o'i le. Roedd y babi wedi stopio tyfu wedi rhyw wyth wythnos, yr hyn a elwir yn gamesgor 'wedi'i oedi' neu 'ddistaw', lle nad oes unrhyw boen na gwaedu i awgrymu fod dim o'i le. Roedd yr ergyd yr un greulonaf bosib, a dwi'n meddwl mai dyma oedd y tro cyntaf yn fy mywyd i mi brofi emosiynau galar. Roedd y daith adref o'r ysbyty'r diwrnod hwnnw yn annioddefol. Ychydig oriau ynghynt, dyma'r foment pan ddychmygais fy hun yn cydio mewn ffotograff bach du a gwyn o'r sgan yn fy llaw, gan edrych ymlaen at gael ffonio pawb i rannu'r newyddion da o'r diwedd. Yn hytrach, fe aethom adra a chrio. Dwi 'rioed wedi crio fel yna o'r blaen. Crio fel taswn i'n gwagio fy nghalon. Crio fel tasa'r byd yn dod i ben.

Fe ganfyddom fy mod yn disgwyl eto ddwy flynedd yn ddiweddarach, ond fe wnes i gamesgor wedi chwe wythnos. Roeddwn i ar drên yn ôl o Lundain ar ôl bod yn gweld y sioe theatr *Calendar Girls* yn y West End hefo ffrindiau pan ddechreuais waedu. Dyna'r daith drên hiraf i mi fod arni erioed, a'r peth gwaethaf am y profiad yma oedd gorfod dod o hyd i'r geiriau i ddweud wrth fy ngŵr ar ôl cyrraedd pen y daith.

Mae'n rhyfedd ar y llaw arall fel mae rhai geiriau'n

gadael blas chwerwfelys yn y cof. Mr Stone oedd enw'r ymgynghorydd. Roeddem wedi mynd i'w weld am sgwrs ddilynol, wedi i'n pumed driniaeth ffrwythlondeb fethu. Ac er bod ei wyneb a'i lais yn llawn tynerwch, roedd ergyd ei eiriau fel carreg Dafydd ar dalcen Goliath. Fe afaelodd yn fy llaw a syllu i fyw fy llygaid: 'Dychmygwch fod eich stôr o wyau fel bag o *dolly mixtures*. Mae'r rhai gorau i gyd wedi mynd a dim ond y briwsion sydd ar ôl; y rhai sydd wedi malu; y rhai nad oes neb eu hisio.'

Dwi'n cofio clywed llais bach yn ei herio heb i mi sylweddoli mai fi fy hun oedd yn ymbil arno: 'Ond falla fod yna un bach cyfan yn dal ar ôl yn y bag. Dim ond *un* wy da sydd ei angen.'

Heb yn wybod i mi hefyd, roedd y dagrau yn llifo'n ddireolaeth ac roeddwn wedi crafu cnawd fy mraich nes tynnu gwaed a hynny heb deimlo unrhyw boen.

Y tro yma, ar ôl cyrraedd adra, dwi'n cofio taflu fy hun ar y llawr ar dop y landin a gorwedd yna gan deimlo na fyddwn i fyth yn gallu codi ar fy nhraed eto. Roeddwn yn teimlo'n hollol ddiffrwyth. Ac yno y bues i am oriau, yn astudio pob crac yn y sgyrtin, nes i'r nos gau amdana i ac i mi ddod o hyd i reswm i godi yn ôl ar fy nhraed unwaith eto.

Roeddwn yn ddiolchgar i Mr Stone am ei eiriau. Roedd wedi gwneud cymwynas â mi, ac wedi gwneud i mi sylweddoli fy mod wedi cael digon – digon ar syllu ar fy nghloc tywod biolegol yn tywallt gobeithion i'r gwagle – a sylweddolais yn y fan a'r lle fod ein hamser ar ben o ran y bennod yma yn ein bywydau. Roedd hi'n bryd troi'r cloc wyneb i waered eto ac ailddechrau, gan ystyried y cam nesaf yn ein dyfodol. Dyfodol heb blant?

BAROD?

Roedd y gair a'i farc cwestiwn yn syllu i fyny arna i o'r palmant coblog. Ai cyd-ddigwyddiad oedd hi fy mod wedi sefyll i synfyfyrio ar yr union air hwnnw? Blith draphlith, wedi eu cerfio ar balmentydd y stryd fawr ym Mhontypridd fel rhan o brosiect i adfywio'r dref, mae dyfyniadau gan enwogion yr ardal megis Evan a James James a Tom Jones, yn ogystal â geiriau i gyfleu gobeithion y trigolion ar gyfer y dyfodol. Ddiwrnod cyn i ni gyfarfod ein mab am y tro cyntaf, a minnau'n rhuthro o gwmpas y lle i brynu'r holl bethau munud olaf roedd eu hangen arnom ni ar gyfer dyfodiad babi bach 13 mis oed i'n haelwyd, dwi'n cofio stopio i gael fy ngwynt ataf a digwydd edrych i lawr ar fy nhraed, a gweld y gair. Ai ffawd oedd ar waith yma? Tynnais lun o'r cerfiad hefo fy ffôn a'i anfon at fy ngŵr. Doedd dim angen i mi esbonio'r arwyddocâd.

Tybed a oes unrhyw un yn 'barod' i fod yn rhiant? Yn barod am y profiad sy'n mynd i newid popeth sy'n gyfarwydd i chi am eich bywyd, a hynny dros nos. Dyma ni wedi aros am dros dair blynedd ar ddeg i fod yn rhieni; a hynny bellach ar fin digwydd, oeddem ni wedi ein paratoi o ddifrif? Oeddem ni'n barod, yn enwedig am y profiad o fod yn rhieni i blentyn bach wedi ei fabwysiadu?

Un peth sy'n fy nharo wrth ysgrifennu'r ysgrif hon ydi cymaint y mae geiriau neu gyngor pobl eraill wedi glynu yn fy nghof. A ninnau'n teimlo ein bod wedi trio popeth o ran triniaethau meddygol ac amgen ac wedi gwneud popeth o

116

fewn ein gallu i drio beichiogi, fe drefnom i fynd i weld ymgynghorydd yn breifat i holi, yn blwmp ac yn baen, a oedd yna unrhyw ddiben i ni barhau. Ei hateb, yn syml, oedd: 'Mae'n rhaid i chi ystyried beth yn union rydych chi ei eisiau: bod yn rhieni i'ch plentyn biolegol neu fod yn rhieni.'

Wedi cnoi cil ar ei geiriau, fe ddeallais beth oedd ganddi. Mae bod yn fam yn golygu mwy na rhoi genedigaeth yn gorfforol. Mae'r reddf gyntefig i garu yn ddiamod, i fagu a meithrin, ac amddiffyn, a theimlo poen rhywun arall i'r byw fel petaech chi eich hun yn ei brofi, eisoes yng nghroth y galon.

Roeddwn i'n barod i ystyried mabwysiadu cyn fy ngŵr. I mi, dyma'r ffordd ymlaen ar ein taith i fod yn rhieni. Ond dwi'n credu i'r ffaith i ni feichiogi'n naturiol ddwywaith barhau i gynnau'r gobaith ynddo y byddai'n digwydd eto, felly wnaethom ni ddim trafod y peth o ddifrif am o leiaf ddwy flynedd arall pan oeddwn i ar fin troi'n ddeugain oed. Erbyn hyn, roedd yntau'n barod ac fe gymerom ni ein cam cyntaf yn y broses o fabwysiadu drwy fynd i gael sgwrs gyda gweithwraig gymdeithasol. Roedd hynny'n gychwyn ar broses o ryw bymtheg mis a olygodd ei bod yn rhaid i ni fynychu cyrsiau hyfforddiant, darllen yn eang am y pwnc a chael ein holi'n dwll am bob agwedd ar ein bywydau. Ond roedd y ddau ohonom yn ymwybodol y byddai'r broses yn un ddwys ac ymwthiol, ac mae'n rhaid dweud ein bod wedi mwynhau'r daith ac wedi derbyn cefnogaeth wych gan yr Awdurdod Lleol ar ei hyd.

Af i ddim i ymhelaethu ar yr holl bair o emosiynau sy'n dod law yn llaw â'r broses o fabwysiadu, a beth mae'n ei olygu i fod yn rhieni i blentyn sydd wedi ei fabwysiadu – testun ysgrif arall fyddai hynny. Ond dwi'n cofio teimlo cymaint o ryddhad pan gymerom ni'r cam cyntaf. Roedd yn teimlo'n iawn, ac o leiaf roeddem yn sicr o gael ein plentyn ar ddiwedd y daith yn hytrach na gorfod dibynnu ar lwc. Roedd y gefnogaeth a gawsom ni gan deulu a ffrindiau hefyd yn anhygoel, a phawb mor falch drosom ac yn barod i gofleidio ein plentyn fel rhan o'r teulu.

Ddwy flynedd ar ôl i ni fabwysiadu, digwyddodd gwyrth arall. A minnau erbyn hyn yn 42 mlwydd oed, fe ganfyddais fy mod yn disgwyl unwaith eto. Fe ddaeth hynny â chymysgedd o emosiynau ac, a dweud y gwir, roedd arnom ni ofn credu'r peth. Ond y tro hwn, fe gydiodd y beichiogrwydd a rhoddais enedigaeth i ferch fach ym mis Mai 2015. Mae cymaint o bobl wedi dweud wrthym iddynt glywed am hyn yn digwydd, ac wrth gwrs, roeddem ninnau wedi clywed am straeon tebyg, ond wnaethom ni erioed ddychmygu y byddai'n digwydd i *ni*.

A dwi'n grediniol mai i Cian, ein mab, y mae'r diolch am ei bodolaeth. Ers iddo fod ar yr aelwyd, mae wedi dod â chymaint o lawenydd i ni. Am y tro cyntaf roeddwn yn teimlo'n gyflawn. Roedd y fam yndda i, o'r diwedd, wedi ymryddhau.

Rhoddwyd Cian yn fab ac yn rhodd i ni, ac yn ei dro, fe ddaeth â'i anrheg fach ei hun yng nghnawdoliaeth ein merch, a'i chwaer fach yntau: Lois Rhodd.

Mae bywyd bellach yn brysur. Mae dod yn fam yn golygu fy mod wedi dod yn bopeth ac yn neb dros nos, ac mae'r cyfrifoldeb weithiau yn fy nghadw'n effro yn y nos. Mae'r cariad hefyd yn llethol, ac ar un o'r adegau prin hynny pan fo amser i oedi ac edrych ar y ddau'n chwarae'n hapus gyda'i gilydd, gan synfyfyrio ar yr hyn sydd wedi digwydd, mae'n ddigon i gipio fy anadl.

Yn ddiweddar, wrth i ni gerdded yn ôl am y tŷ ar ôl bod â'r ci am dro i'r comin, fe stopiodd Cian o flaen y giât a chyhoeddi: 'Dyma ni, Mami, yn ôl yn y Goeden Deulu!'

Gwenais drwydda i.

Wel, ia yn de, fy ngwas aur i.

Pwy feddylia'?